『おかしいです！
鉱物比率が
金貨の物じゃないです！』
『これは他国からの
帝国への経済攻撃ね』
私はナイフを振り上げ、魔力を纏わせると
金貨に向けて振り下ろした。
机の上で真っ二つになった金貨の断面を見ると、
金の中心に黒くボロボロになった物が見える。
二章《偽りの金貨》

一章《母子の休日》
エリー・レイス
祖国に裏切られ復讐を誓った
元公爵令嬢、現トレートル商会会長。
ダンジョンで出会った少女・アリスと
心温まる生活を過ごしつつも、
祖国への復讐心を
燃やし続けている。
アリス
エリーを母親として慕う謎の少女。
ミーシャやルノアたちとも
姉妹のように仲良くなる。

ルノア
・カールトン
固有魔法【物品鑑定】を持ち、
エリーの下で学ぶ商会員。
ミーシャ
・テイル
エリーの侍女見習いとして
働く猫人族の少女。
戦闘訓練によって、
護衛としての役割も持つ。
ミレイ
・カタリア
エリーの腹心の侍女。
ようやく自由を手にしたエリーには
楽しい日々も送ってほしいと
考えている。

「ママ！　ママ！」
アリスが死ぬ。
その光景を想像して
私の視界が真っ赤に染まった。
地下牢で
国に裏切られた時に感じた物と
近いようで違う感覚だ。
「私の娘を……返しなさい！」
【嫉妬の魔導書】は消え去ると同時に
雷を纏う大剣へと変じた。

ブチ切れ令嬢は報復を誓いました。

The Furious Princess Decided to Take Revenge

——魔導書の力で祖国を叩き潰します——

3

Author
はぐれメタボ
Illustrator
昌未

口絵・本文イラスト　昌未

3

The Furious Princess
Decided to Take Revenge

CONTENTS

序章

中央大陸のほぼ半分を統治する大国、ユーティア帝国《ていこく》の帝都《ていと》。この世界で特に繁栄《はんえい》している都市の一つであるこの帝都に私の屋敷《やしき》がある。帝都に住む法服貴族や地方の大物貴族の屋敷がある貴族街の高級住宅地。下級貴族のタウンハウスや大商人の屋敷が並ぶ通りに建つ私の屋敷は、元はどこぞの男爵《だんしやく》家が見栄《みえ》を張って建てた別邸《べつてい》を維持《いじ》出来ずに手放した物件だ。見栄っ張りな男爵だが趣味《しゆみ》は悪くなかったようで、落ち着いた品の有る屋敷だ。

私が経営する商会の帝都での拠点《きよてん》……いや、先日本店を帝都に移したので正真正銘《しようしんしようめい》、私の商会の本部となった屋敷の廊下《ろうか》を軽い足音が駆《か》ける。執務室《しつむしつ》で書類と格闘《かくとう》していた私はその音に気づいて顔を上げた。

するとタイミングよく扉《とびら》が開き、光り輝《かがや》く金糸の様な髪《かみ》と左右で違《ちが》う色の瞳《ひとみ》を持つ少女が姿を現した。

「ママ！　はいってもいい？」

「良いわよ。でも今度は扉を開ける前に聞きなさいね」

私は席を立ち駆け寄ってきた少女を抱《だ》き上げた。私を『ママ』と呼ぶこの少女は私の実の子供ではない。ダンジョンの奥《おく》で出会った少女を様々な思惑《おもわく》もあり、紆余曲折《うよきょくせつ》を経て私が養女として引き取ったのだ。

帝国と同等の国力を持つハルドリア王国の筆頭公爵《こうしゃく》家の令嬢《れいじょう》として生を受けた私、エリザベート・レイストンは婚約者《こんやくしゃ》だった王太子フリード・ハルドリアから婚約を破棄《はき》された挙句、無実の罪で地下牢《ちかろう》に幽閉《ゆうへい》された。そんな元婚約者やその所業を知りながら何の対応もしなかった王や父。自らの保身や利益の為《ため》にフリードを支持する貴族達《たち》。そして稚拙《ちせつ》な噂話《うわさばなし》一つで手のひらを返して私を罵倒《ばとう》する民。私はそれに怒《いか》り報復を誓《ちか》った。

帝国の貴族であるルーカス・レブリックの助けを借りて腹心の侍女《じじょ》と共に帝国に亡命した私だが、敵は腐《くさ》っても大国。身分を失った若い女が一人で立ち向かえる相手ではなかった。故に私は資金集めと影響力《えいきょうりょく》の拡大を目的に商会の経営を始め、姿を見せずに裏から少しずつ王国の勢力を削《けず》っていた。そんな中で出会ったのがこの少女だ。アリスと名付けた少女はダンジョンの奥で戦ったファイアドレイクの体内から謎《なぞ》の水晶《すいしょう》に包まれた状態で見つかった。事件の裏で暗躍《あんやく》する連中と関係があると思うのだが、調べた限りではただの幼い少女としか分からなかった。

「ママ。おしごと、まだおわらないの？」

「そうね。もう少しで終わるから良い子で待っていてね」

私は執務室の隅《すみ》にある応接用のソファにアリスを下ろし、資料を整理していた猫人族《ねこじん》の少女ミーシャに視線を送る。ミーシャは小さく頷《うなず》くとお茶とお菓子《かし》を用意し始めた。ミーシャは帝都に来た時に侍女見習いとして購入《こうにゅう》した奴隷《どれい》だが、今では侍女の仕事だけではなく私の秘書の様な事もしている。ミーシャが淹《い》れたハチミツ入りの甘《あま》いお茶とクッキーをアリスに渡《わた》して急ぎ仕事を終わらせる。王国から共に亡命してきた侍女のミレイと商会員のルノアが来たので纏《まと》めた書類を手渡《てわた》しアリスの方をみると、いつの間にかソファで横になり体を丸めて眠《ねむ》ってしまっていた。

「眠ってしまったのね」

私が声を抑《おさ》えて言うと、ミレイがブランケットを取り出してくれたので受け取ってアリスに掛《か》けて抱き上げてソファに座《すわ》り直した。

「またエリー様の所に来ていたのですね」

「ええ」

アリスは寂《さび》しいのか、よくこうして私の所へとやって来る。なぜ私をママと呼ぶのかは分からない。本人は『ママはママだから』と答えるだけで、本当の親の事を聞いても首を捻《ひね》っていた。魔物《まもの》の腹の中から現れるなどと言う異常な出会いだったのだ。アリスに親がいると言うのも実際のところ分からない。私は眠るアリスの髪を手櫛《てぐし》で梳《す》く。どう見ても人間の少女にしか見えない。

「エリー様。お手紙が届いております」

アリスを抱《かか》えたまま、起こさない様に小声で話すミレイが差し出した手紙を片手で受け取った。

「あら、ティーダからだわ」

差出人を確認《かくにん》すると帝国で出会った友人の名が記されていた。ティーダは中央大陸で広く信仰《しんこう》されているイブリス教のシスターなのだが、陽気な性格で酒とギャンブルが好きと、どうにも彼女《かのじょ》は一般的《いっぱんてき》な聖職者と言うイメージから外れる存在だ。

「どうやら近いうちに帝都に戻《もど》って来るみたいよ」

ティーダは歩き神官として帝都を中心に医者や治癒魔導師《ちゆまどうし》がいない農村や山村を訪《おとず》れて治癒を施《ほどこ》している。そのティーダが帰って来るとある。

「お茶の用意くらいはしておいてあげましょうか」

お酒の方が喜ぶでしょうけどね。この場に居ない友人を揶揄《からか》う言葉を吐《は》き出しながら着《き》替《が》える為に席を立った。今夜は会食の予定があるのだ。

太陽が完全に沈《しず》み、帝都の大通りの魔導灯に光が灯《とも》った頃《ころ》、私はミレイやミーシャと共にある店の前に来ていた。時間も遅《おそ》いのでアリスはルノアと共に留守番だ。この店は帝都でも有名なレストラン《銀の弓》。貴族や大商人も利用する高級店だ。店に入ると執事《しつじ》服のような制服に身を包んだ従業員が洗練された仕草で頭を下げ出迎《でむか》えてくれた。

「いらっしゃいませ。ご予約はありますでしょうか?」

「エリー・レイスよ。待ち合わせをしているわ」

「受け賜《たまわ》っております。ご案内させていただきます」

従業員の後に付いて行くと最上階の部屋へと通された。

「こちらでございます」

分厚い扉が開かれる。この部屋は貴族や商人達が会談を行えるように防音仕様になっているそうだ。部屋はあえて光量を落としており、センスの良い調度品が目を楽しませるべく配置されている。その部屋の中心に置かれたテーブルには一人の男が座りグラスの中のブランデーを揺《ゆ》らし香《かお》りを楽しんでいた。

「ご無沙汰《ぶさた》しておりますわ。ホーキンス殿《どの》」

「ああ。前回の評議会以来だな。レイス嬢《じょう》」

私は待っていたのは帝室御用達《ていしつごようたし》のテイラーが仕立てた最高級のスーツを着て髪をオールバックにした男。帝国商業ギルド評議会の評議員《頭目》ダルク・ホーキンス。表の顔は貴族や大商人を相手にする金融《きんゆう》屋だが、裏の顔は帝国のアウトローをまとめ上げる裏社会の支配者である。

「本日はお招きいただきありがとうございます」

私が一歩近づくと、ダルクは懐《ふところ》から素早《すばや》く取り出した短い杖《つえ》の様な物を私に向けた。次の瞬間《しゅんかん》その杖が小さな爆発音《ばくはつおん》を放つ。筒状《つつじょう》に加工された杖は込《こ》められた火薬の力で小さな爆発を起こし椎《しい》の実型の鉄の塊《かたまり》を高速で飛ばした。反射的に身体強化を使った私は、自分に向かって来る鉄塊《てつかい》を掴《つか》み取る。

「随分《ずいぶん》と手荒《てあら》い歓迎《かんげい》ですわね」

「なに、挨拶《あいさつ》みたいな物さ。ハーミット伯爵《はくしゃく》領ではミリオンの奴《やつ》が世話になったらしいからな」

何事もなく話を続ける私とダルクだったが、この部屋の中ではほんの数秒の間に幾《いく》つかの攻防《こうぼう》が有った。

先《ま》ずはミーシャ。何が起こったのかは理解していないだろうが、攻撃《こうげき》された事を察して短剣《たんけん》を抜《ぬ》き私を庇《かば》うよう構えた。そしてミレイはダルクが懐に手を入れた瞬間に動き始め、今はダルクの背後に回り首にナイフを当てている。

部屋の中には更《さら》に二人の人間が居る。ダルクの護衛だろう二人はとてもよく似た容貌《ようぼう》の男女。双子《ふたご》だろうか？　服装や手にしている武具から予測になるが、おそらくは南大陸の人間だろう。男の方が手にしている槍《やり》の穂先《ほさき》はミレイの首につきつけられていて、女の方は南大陸の文字が書かれた札を構えている。

「このナイフを下ろして貰《もら》えるか？」

「槍を下ろす方が先ですわ」

ダルクが視線を向けると男は槍を下げ、女の方も引き下がる。私もミレイに向かって首《しゅ》肯《こう》しナイフをしまわせた。

「ミーシャももう良いわよ」

「は、はい。あ、あの……さっきのは一体……」

「あれは銃《じゅう》よ」

「銃？」

「火薬と呼ばれる爆発する薬で鉄の弾《たま》を飛ばす武器なんだけど……まぁ、実戦では役に立たない骨董品《こっとうひん》ね」

「役に立たない？　弓より強そうですが」

「ほう。猫人族の嬢ちゃんは見る目があるじゃねぇか」

ミーシャの疑問にダルクは気を良くした様で先程《さきほど》撃った銃を見やすいようにテーブルに置いた。

「弾のスピードは矢よりも速いがコイツには決定的な欠点がある」

「弱点ですか？」

私はダルクの正面の椅子《いす》に座り、先程《さきほど》掴《つか》み取った銃弾《じゅうだん》をテーブルの上に転がしながら説明する。

「銃で打ち出した弾は弓で放った矢と違って魔力《まりょく》を乗せる事が出来ないのよ」

「だから一定以上の実力が有る者なら身体強化で避《さ》けるなり弾《はじ》くなりできる」

「その上、火薬なんて変わり者の錬金術師《れんきんじゅつし》くらいしか使わないから運用コストも高いのよ。かつては魔導師でなくとも強力遠距離《えんきょり》攻撃《こうげき》ができるのではと盛んに研究されたらしいのだけれど、結局魔法《まほう》の有用性を超《こ》える事が出来ずに衰退《すいたい》していったわ。今では骨董品としてコレクターが集めるくらいね」

「俺《おれ》はコイツを気に入っているんだがな」

ダルクは少し残念そうに銃を懐にしまう。

「さて、改めて。よく来たなエリー・レイス」

「せっかくお招きいただいたのですから足を運ぶ事くらいは厭《いと》いませんわ」

「取り敢《あ》えず食事にしようか」

当たり障《さわ》りのない会話を交《か》わしながら食事を終えた後、食後のワインを片手に本題に入る。ダルクの話と言うのは最近ハーミット伯爵領でダルクの息が掛かった組織に接触《せっしょく》した事に起因する。簡単に言うと今後、他《ほか》の領に進出した際にいちいち暴れるなとの事だった。

「では今後は帝都でまとめてやり取りをすると言う事でよろしいかしら？」

「ああ。毎回、毎回、ハーミット伯爵領みてぇな事をされたらたまった物じゃないからな」

この取引は書類には残らない。私とダルクの間だけの口約束だ。だが、私が契約《けいやく》を守る限り彼《かれ》もそれを違えたりはしないだろう。書類に残さないからこそ、本人への信用が大事なのだ。

「裏社会でのトレートル商会の庇護《ひご》は約束しよう。俺の息が掛かった組織は今後、お前さん達には手を出さない。完全にってのは無理だがある程度の情報流出も制限できるだろう」

「感謝いたしますわ」

その後もダルクといくつかの協定の確認を済ませた私がレストランを出た時にはすっかり夜の闇《やみ》が濃《こ》くなっていた。

◆

上等な椅子に腰《こしか》掛けている男の前に跪《ひざまず》き首を垂れる女がいた。『サソリ』と呼ばれる女だ。右肩《みぎかた》から先の腕《うで》は無く、傷が完全に癒《い》えてはいないのか、顔色も悪い。男がサソリに発言を許可すると、サソリは額が床《ゆか》に着くほど深々と頭を下げる。

「申し訳有りません。与《あた》えられた任務を果たせなかった咎《とが》はこの命を以《もっ》て償《つぐな》う所存です」

「ふふ、頭を上げなさい。君は十分に役目を果たしてくれたよ」

「ですが……女商人どころか、同行していたシスターに敗れ……」

サソリは悔《くや》しさに奥歯《おくば》を噛《か》み砕《くだ》かんとばかりに噛み締《し》めた。

「構わん、そんな者が側に居た事を知る事が出来たからな。それもまた面白《おもしろ》い。やはり、あの女商人、エリー・レイス……いや、エリザベート・レイストンこそが俺が探し求めていた女なのかも知れん」

男は機嫌《きげん》良さげに笑う。

「そういう事でお前は気にする必要は無い。下がって休め。支配下の魔物も殆《ほとん》ど失ったのだろう？」

「面目《めんぼく》ございません」

「気にするな。また用意してやる。それからその腕もな。後で魔導義肢《ぎし》の職人を寄越《よこ》す」

「若の御慈悲《おじひ》、痛み入ります」

サソリが退室した後、男は上機嫌《じょうきげん》で酒を煽《あお》った。

「随分と部下にお優《やさ》しいのですね」

そう言ったのはサソリが退室したのとは違うドアから入って来たエルフ族の男、帝国商業ギルド評議会の評議員の一人《千里眼》ロットン・フライウォークだった。

「俺は仲間を大切にする人間だからな」

ロットンは男の言葉に肩《かた》を竦《すく》めるだけで返す。

「面白くなって来たな。サソリの腕を切ったとか言う、大鎌《おおがま》の神器を使うシスターとは何者だ？」

「ティルダニア・ノーチラスですね。エリー会長が帝都に移った時からの縁《えん》のようですね」

「《代行者》ティルダニアか。大物だな」

「それよりも、あのキングポイズンスライム。どういうつもりですか？」

ロットンは瞳に剣呑《けんのん》な光を宿して男を睨《にら》む。

「そう怒《おこ》るな。貴様には被害《ひがい》は出ていないのだろう？」

「帝国には大きな被害が出ました。私は帝国の経済を支える身。この様な事をされるなら私はもう貴方《あなた》とは取引する事は出来ません」

ロットンは背後に控《ひか》える部下から契約書《けいやくしょ》を受け取り男の前に置いた。

「こちらの契約書にもある通り、貴方との契約は破棄させて頂きます」

「そうか。それは残念だ…………ナナフシ」

男の言葉と同時にロットンはその場を跳《と》び退いた。背後に控えていた部下がロットンの首を狙《ねら》って短剣を振《ふ》り抜いたのだ。寸前で躱《かわ》したロットンだが、その顔に浮《う》かぶのは驚愕《きょうがく》だ。それも当然。連れていた部下は男との秘密取引にも同行させる程《ほど》信用している幼馴染《おさななじみ》。その部下が自身の命を狙ったのだ。

「な、何故《なぜ》だ⁉　リーク！」

ロットンが叫《さけ》ぶが部下はニヤニヤと笑うだけだった。

「はっはっは！　そう意地悪をしてやるな、ナナフシ」

「これは失礼致《いた》しました。若」

部下の顔が歪《ゆが》んだと思うとその顔は全く別人のものへと変わる。

「だ、誰《だれ》だ貴様は！　リークはどうした⁉」

「ああ、貴方の幼馴染なら既《すで》に死んでいるぞ」

「なっ⁉」

「そして今日から俺がロットン・フライウォークさ」

血溜《ちだ》まりの中に立つロットンの顔をした男はニヤついた笑《え》みを浮かべてワインを楽しむ男に視線を向け、その手に自分と同じ顔の生首をぶら下げながら居住まいを正す。その表情、仕草は完全にロットン・フライウォークのそれである。

「では若、私は帝国に戻ります」

「ああ」

男はもう興味がないとでも言いたげに鷹揚《おうよう》に頷く。ロットンの姿をした男が部屋を出ると、グラスに満たされた液体を揺らす男の背後にいつの間にか人影《ひとかげ》が現れていた。娼婦《しょうふ》の様な扇情的《せんじょうてき》な服装に黒いベールで顔を隠《かく》したカラスと呼ばれる女だ。

「そう言えば、あの無能王子が無い知恵《ちえ》を絞《しぼ》って面白そうな事を始めた様だぞ」

男はいつの間にか手の中で帝国金貨を玩《もてあそ》んでいた。

「…………干渉《かんしょう》しますか？」

「監視《かんし》だけで良い」

「畏《かしこ》まりました。ではサソリに与えた実験体のファイアドレイクの件はいかが致しましょう？」

「捨て置け」

「しかし、あの実験体には……」

「構わん、所詮《しょせん》は失敗作だ。それにもし何かに気づかれるなら、それはそれで面白い」

「御意《ぎょい》」

男に頭を下げたカラスは現れた時と同じ様に、影《かげ》に溶《と》け込み姿を消した。

「……さぁ見せて貰うよ、エリザベート・レイストン」

ルノアやミーシャは既に眠っている時間、私は自室でミレイと共にワイングラスを傾《かたむ》けていた。

「このワイン、スッキリとして飲みやすいですね」

「そうね」

このワインは港街を治めるハーミット伯爵から贈《おく》られた西大陸産のワインだ。

「葡萄《ぶどう》の品種が違うのか、水が違うのかは分からないけど美味《おい》しいわね」

私は気分良くワイングラスを傾けながら先ほどミレイから受け取った報告書に視線を向ける。王国に残して来た間者の取りまとめを任せている男からの報告書だ。間者は市井《しせい》に潜伏《せんぷく》させており、何処《どこ》に敵が潜《ひそ》んでいるか分からない王城からは距離《きょり》を取っていた。だが最近、間接的に王城の情報を得る道を確保したらしい。人伝《ひとづて》の話なので情報の確度は高くないが、それでも王城の中の情報は有用だ。報告された情報から、私の婚約破棄《こんやくはき》の時にフリードに協力していた貴族が一人判明した。財務大臣のランプトン侯爵《こうしゃく》だ。ランプトンは私が信頼を寄せていた貴族の一人。フリードの愚《おろ》かな行動に共に頭を抱えていた筈《はず》なのだが、内心では私を排除《はいじょ》したいと思っていたようだ。現在ではフリードを担《かつ》ぎ上げて資金を横領して私腹を肥やしていたらしい。ロゼリアが王城に入ってからは警戒《けいかい》して身を潜めている様子だ。慎重《しんちょう》で警戒心が強い厄介《やっかい》な男だ。そして今度は属国に放った者からの定期連《れん》絡《らく》の書類を手に取った。

「流石《さすが》ロゼリアね。私が火種を蒔《ま》いて反王国の気風を煽ったと言うのに、この短期間で属国との関係を此処《ここ》まで持ち直すとは思わなかったわ」

「厄介ですね。情報操作で庶民《しょみん》の王国への反感はそれなりに高まっていますが、肝心《かんじん》の政権の方を押さえられているので国としての反乱などはむずかしくなりました」

「そうね。でも相手がロゼリアだからこそ打てる手も有るわ」

「と言いますと？」

「王国の軍派閥《はばつ》、その中でも過激派の連中に踊《おど》って貰うのよ。資金と武器を流して属国への進軍や帝国との開戦の機運を高めましょう。ロゼリアは立場上無視はできないわ」

「なるほど。キャパシティを超える問題でロゼリア様をパンクさせるのですね」

「ええ。ロゼリアは優秀《ゆうしゅう》だし王家から権力も与えられているけれど、生まれた家の立場は変えられないわ。王族派閥のレイストン公爵家の生まれの私と違い軍部の暴走と派閥間《かん》の足の引っ張り合いから逃《に》げるには立場が邪魔《じゃま》をするでしょうね」

報告書を一纏《ひとまと》めにして棚《たな》にしまい鍵《かぎ》を掛ける。そして別の棚から箱を取り出す。中に入っているのは手の平に収まる程の結晶《けっしょう》だ。

「今朝、錬金術師から届いだ物ですか？」

「そうよ。これは雷精《らいせい》結晶。王国との戦いで切り札の一つになるわ」

「これが……」

「王国は強い。それは国力と言う意味もあるけれど、一番の理由は国王ブラート・ハルドリアの存在よ」

「王国の英雄《えいゆう》《雷神《らいじん》》ブラートですか」

「ブラートの武勇は勿論《もちろん》その達人級の武術の腕もあるけれど、最大の理由は神器の能力なの。ブラートの神器【雷神の剣《グラザー・ミューチェ》】にあるわ」

「確か能力は身体能力の向上と雷の魔力強化、雷属性の上位魔法の無詠唱《えいしょう》行使でしたか？」

「それに加えて自身の体を雷に変える雷精化と言う奥義《おうぎ》があるわ。雷の速度で走り、雷撃《らいげき》の拳《こぶし》を振るう。まさに生きた雷と化すのよ」

ミレイが息を呑む。人の身で天災を体現するブラートの武力はこの大陸で最上位に入る。

「それを破る為に必要なのがこの雷精結晶なの。でも問題が一つ」

「と言うと？」

「この雷精結晶、もの凄《すご》く高いのよ。大した使い道は無いのに作製難度が高く一流の錬金術師じゃないと作れないし、素材も高価な物が沢山《たくさん》必要になるわ。商会でお金を稼《かせ》ぎ、アクアシルクを餌《えさ》に集めた錬金術師に依頼《いらい》してようやく一つ完成したわ」

まだまだ数が足りていないが、雷精結晶の入手は大きな一歩だ。希少なアイテムを箱にもどして棚にしまう。王国の話はこの辺で一区切りつける。私は少々はしたないが、肴《さかな》のチーズを素手《すで》で摘《つま》み口に放り込みながらアリスが眠る隣《となり》の寝室《しんしつ》に続くドアに視線を送った。

「アリスには寂しい思いをさせてしまっているわね」

昼間、窓から庭で一人で遊ぶアリスの姿を見て思ったのだ。もっと構ってあげるべきなのではないか、と。アリスは忙《いそが》しくしている私の側に来て大人しく待っているが、仕事が終わる頃には待ち疲《つか》れて眠ってしまう。寂しい思いをさせてしまっているのかも知れない。

「大人しく遊んでいても時折エリー様を捜したりしておりましたね」

「引き取ったからにはちゃんと育てないと、とは思っているんだけど……子供との接し方って分からないのよね。私自身は生まれた時から王妃《おうひ》候補の筆頭だったから物心ついた時には勉強と訓練ばかりで……アリスにはそんな思いをしてほしくないわね。あの子は私の事をママと呼んでくれるわ。それなら私は母として愛情を注いであげるべきなのでしょうね。でも……私は母親の愛情と言う物がよく分からないのよね」

「確かエリー様の母君は……」

「ええ。私を産んで直《す》ぐに亡《な》くなったわ」

故に私は母の愛を知らない。父には大切にされていたとは思う。しかし、それは将来の王妃として敬意を払《はら》うような感覚だった。父にとって私は国の為に鍛《きた》え上げた王妃と言う名の剣。家族の愛など知識では知っているが理解は出来ていないのだ。

「ミレイは子供の頃、楽しかった思い出とかはあるの？」

そう呟《つぶや》くと、ミレイもアルコールで潤《うる》んだ瞳でグラスの中で揺れる赤いワインを見つめる。

「私もあまり楽しい幼少期を過ごしたとは言いづらいですが、家族で遊んだ思い出は少し有ります」

ミレイの家は王国の貴族だったが没落《ぼつらく》してしまい一家は離散《りさん》してしまった。ミレイには内緒《ないしょ》で彼女の両親の行方《ゆくえ》を調べたが、二人とも既に死亡していた。不幸な事だとは思うが、家庭教師より希薄《きはく》な付き合いで、会えば政治の話しかしなかった私よりは家族の交流という物はあった筈だ。

「そうですね。父の事業が傾く前には母とオペラを観《み》に行ったり、父の馬に乗せてもらって遠乗りに行った事は有りますね。ああ、それと家族でお弁当を持ってピクニックに行ったりもしました」

「そう」

なるほど。それも良いかも知れない。

「やはり子供にはそういった経験が必要なのかしら？　アリスの為にも何処《どこ》か遊びに連れっていくのも良いかも知れないわね。予定はどう？」

「はい。最近はアクアシルクの生産実験にも成功したので、王国から引き抜いた技術者が中心となって本格的な生産が始まった事である程度エリー様の手を離《はな》れております。獣人《じゅうじん》族を対象にした新しい化粧品《けしょうひん》の開発もかなり進展しており、今はテスターに実際に使用してもらい安全性の確認と問題点の洗い出しをしている段階ですし、香水《エルミア》の売れ行きも安定しております。二週間後なら少しの間ですが時間には余裕《よゆう》が出来ます」

「なら今度、みんなでピクニックにでも行きましょうか」

「良いですね。お弁当を用意させましょう」

「いいえ。せっかくだからお弁当も私達で作っていきましょう」

「私達でですか？」

「ええ。そう難しい物は作れないでしょうけどね」

「分かりました。スケジュールを調整しておきましょう」

「よろしく」

私とミレイはお互《たが》いのワイングラスを軽く打ち鳴らした。

◇

商会の仕事が落ち着き時間がとれる様になったので、私達はかねてより計画していたピクニックへと出かけることになった。

「エリー様。ソースはこんな感じで良いでしょうか？」

ミーシャがボウルに入ったソースを持って確認に来た。匙《さじ》で一掬《ひとすく》いして味をみる。まろやかな酸味と僅《わず》かな辛味《からみ》が鼻を抜ける。

「そうね。良いと思うわ」

「ママ〜。おやさいあらった〜」

「ありがとうアリス。ルノアに渡してね」

「は〜い。ルノアお姉ちゃん！」

「ありがとう。アリスちゃん」

ルノアがアリスから受けとった野菜を手際《てぎわ》よく切り始める。私達は朝から皆《み》んなで厨房《ちゆうぼう》で料理を作っていた。ある程度は料理人に用意してもらったので作るのはサンドイッチと簡単なおかずだけだが、アリスは楽しそうだ。スライスしたパンにミーシャが作ったソースを塗《ぬ》りチーズとハム、生野菜を挟《はさ》む。するとサラダ用の野菜をルノアに渡したアリスが私の所に駆けてきた。

「ママ！　アリスもやる」

「じゃあお願いしようかしら」

私はアリス用に踏《ふ》み台《だい》を用意する。それに乗ったアリスに手本を見せながら二人でサンドイッチを作っていく。アリスが作っているのは薄《うす》くカットしたフルーツと最近喫茶《きつさ》部門の料理人が開発したチョコレートクリームの甘いサンドイッチだ。

「できた！」

「上手にできたわね」

完成したサンドイッチを嬉《うれ》しそうに見せてくるアリスの頬《ほお》についたチョコレートクリーム拭《ぬぐ》ってあげる。その後もサンドイッチを沢山作り籠《かご》に詰《つ》めた。サラダやローストチキンの用意も終わり、使用したキッチンを手早く片付ける。ルノアとミーシャの方も完了《かんりよう》した

様なので、皆でお弁当を纏めて馬車に運ぶ。すると、ちょうど玄関前《げんかん》ではミレイが馬車の用意をしていた。商売用の豪華《ごうか》な物ではなく頑丈《がんじょう》な作りの一般的な馬車だ。その荷台にはミレイによって既に敷物《しきもの》などが運び込まれている。

「エリー様。馬車の用意は出来ております」

「お弁当の方も完成よ。少し休んだら出発しましょうか」

こうして私達はピクニックへと出発した。

ミーシャが操《あやつ》る馬車は帝都から一時間ほどの大きな湖に向かって進んでいた。カラシラ湖と呼ばれるこの湖は帝都からも近く、騎士団《きしだん》が訓練として巡回《じゅんかい》するルートが近いので魔物や野盗も寄りつかない。帝都の住民や初級冒険者《ぼうけんしゃ》が採取などで訪れたりする場所だ。景観も良いので偶《たま》に私達の様にピクニックに訪れる者もいるそうだ。アリスは馬車から見える景色に目を輝《かがや》かせていたのだが二十分もすると私の膝《ひざ》に頭を預けて眠ってしまった。

「眠ってしまったわね」

「皆で出かけるのが嬉しいのか昨日から興奮してはしゃいでいましたからね。この辺りは景色が単調ですから、湖に近づくまでは眠らせてあげた方がよろしいのではないでしょうか」

「そうね」

私はアリスの金糸のような髪を優しく撫《な》でた。私自身もこんなに静かに過ごすのは久しぶりかも知れない。小さな丘《おか》を越《こ》えると視線の先に小さな森が見えて来た。

「あの森の辺りがカラシラ湖のようですね」

「そうね。アリス、アリス、湖に着くわよ」

軽く揺すってみる。もしも起きなかったらこのまま起きるまで寝《ね》かせてあげても良いかな、と思ったが、アリスはガバッと身を起こした。

「みずいみ！」

呂律《ろれつ》は回っていないが目は覚めたらしい。馬車の窓に張り付いたアリスの頭越しに外を見ていると、木々の隙間《すきま》から瞬《またた》く光が目に入り、そして木が途切《とぎ》れると大きな湖が現れたのだ。

湖に到着《とうちゃく》し、木の根元に馬車を停《と》めた私達は湖の畔《ほとり》に敷物を敷《し》いて荷物を降ろした。ミーシャが馬に水を飲ませている間に、私はアリスにこの場で注意してほしいことを言い聞かせる。

「いいアリス。一人で何処かに行ったらダメよ。危ないから湖に近づく時は私かミレイと

「一緒《いっしょ》にね」

「うん」

興奮して飛び跳《は》ねるアリスから目を離さないように気をつけなければいけない。ミレイにその場を任せた私は、アリスの手を取り、ルノアとミーシャを連れて湖の外周を散策する事にした。アリスは目にする物全《すべ》てが珍《めずら》しいのか、目を輝かせて視線を彷徨《さまよ》わせていた。地面に両手を突《つ》いて草花を覗《のぞ》き込み、ドングリを拾い集め、釣《つ》り人《びと》が釣り上げた魚に驚《おどろ》き私の背中に身を隠す。手を繋《つな》いでいなかったら今頃《いまごろ》は私の諸注意などすっぽ抜けて駆け出していたかも知れない。

「ママ、アレは何をしているの？」

アリスが指を差すのは湖の中心辺りに浮かぶ複数の小船だ。

「アレは漁師さんが網《あみ》で魚を獲《と》っているのよ」

帝都では海の魚はなかなか食べられないのでこの湖で獲れる魚はかなり人気がある。アリスが船に向かって手を振ると、漁師達が手を振《ふ》りかえしてくれた。

「アリス様。ムーンベリーが有りますよ」

ミーシャが自生していた小さな木の実を見つけた。

「ムーンベリー？」

「甘酸《あまず》っぱい木の実だよ」

ミーシャから受け取った赤いベリーをマジマジと観察するアリスにルノアが言う。私は水を作ってアリスの持つムーンベリーを軽く洗ってあげる。アリスは恐《おそ》る恐るベリーを口にする。

「美味しい！」

「ふふふ」

アリスは気づいていないようだが、最近おやつに食べてアリスが気に入っているジャムはこのムーンベリーの物だ。アリスが嬉しそうに幾つかのムーンベリーを採り、私達は一度ミレイの所に戻る事にした。来た道を引き返しているとアリスが森の方を指差し声をあげる。

「ママ、ウサギさん！」

「あら本当ね」

魔物のホーンラビットかとも思い身構えたが、普通《ふつう》の野ウサギだった。一瞬《いっしゅん》、ナイフで仕留めて昼食にするかとも考えたが、アリスが嬉しそうにウサギに手を振っているのを見て慌《あわ》ててナイフの柄《つか》から手を離した。

「エリー様？」

「何でも無いわよ」

訝《いぶか》しげなミーシャにヒラヒラと手を振ってみせる。私が子供の頃、ウサギを見たとしたらその毛皮や肉の市場価値や分布、生態系など利用価値や学術的な価値を考えただろう。今にして思うと実に子供らしくない事この上ないわね。ウサギが姿を消すまで見送ったアリスの手を引いて私達は馬車のところまで戻ってきた。そこではミレイが湯を沸《わ》かして昼食の用意をしていてくれた。魔法で水を出してアリス達の手を洗ってやり、お弁当を広げた。私達が作ったサンドイッチやサラダ、料理人が作ってくれた卵焼きや鳥の香草《こうそう》焼きなどが綺麗《きれい》に並んでいる。サラダに入っていたトマトを飲み込みルノアが口を開く。

「帝都《ていと》の近くにこんな綺麗な場所が有るなんて知りませんでした」

「そうね。私も知らなかったわ。エルザに教えてもらったのよ」

ピクニックに良い場所はないかと考えていた時にたまたま会ったエルザがそれなら良い場所が有ると言って此処を教えてくれたのだ。

「此処は初級の冒険者がよく採取に訪れる場所らしいわ」

「帝都から近くてあまり魔物も出ないから初級の冒険者が依頼になれるのに丁度良いのですね」

「そうね。高ランクの冒険者はこの場所での採取や依頼ができない様に制限されているそうだから、冒険者ギルドとしても新人に経験を積ませる場所としているみたいね。まぁ、普通の街人が採取に来れる様な場所だから高ランクの冒険者が受ける様な依頼なんてないのだろうけど」

そう返しながら口一杯《いっぱい》にサンドイッチを詰め込みリスのように頬を膨《ふく》らませるアリスの口元についたソースをハンカチで拭ってやり、私もサンドイッチを一つ手に取った。少し形が歪《いびつ》なそのサンドイッチはおそらくアリスが作った物だろう。私が手に取ったソレに気づいたアリスが視線を向けて来るのに気づかない振りをしながら一口齧《かじ》る。木の実のペーストと香辛料《こうしんりょう》で作ったソースの味が口に広がった。

「ママ、美味しい？」

「ええ。美味しいわよ」

「んふふ」

嬉しそうに笑うアリスに笑い返して私はもう一口サンドイッチを頬張《ほおば》った。

◆

書類を片手に持ち、もう片方の手でサンドイッチを口に放り込む。王宮の料理人が作り上げたそのサンドイッチは、作られてから時間が経《た》った所為で多少葉野菜が萎《しな》びているとしても市井の屋台で売られている物とは比べ物にならないほど美味である筈だが、生憎《あいにく》とその味に舌鼓《したつづみ》を打つ余裕などなかった。目の前に積み上がった仕事の山を前に食べるくらいなら、以前お忍《しの》びで食べた城下街の屋台の安いサンドイッチの方が余程《よほど》美味しかった気がした。

「はぁ、せめてあの無能がもう少し分を弁《わきま》えた行動をしてくれたら良いのだけれど」

豪奢《ごうしゃ》な赤いドレスを着こなした令嬢《れいじょう》、ロゼリア・ファドガルは王太子補佐《ほさ》として与えられた執務室《しつむしつ》で机の上に山と積まれた書類を次々に捌《さば》いていた。

「お疲れ様です、ファドガル補佐官《ほさかん》。申し訳ありませんが此方《こちら》の書類も追加でお願い致します」

「わかりました。そこに積んでおいて下さいまし」

「はい」

書類の山が一つ増えた所で別の机で仕事をしていた女性がロゼリアに声を掛《か》けた。

「ロゼリア様、少し休息致しましょう。お茶を淹《い》れます」

「あら、もうこんな時間なのね」

その言葉に時間を確認《かくにん》したロゼリアはペンを置いた。サンドイッチを食べ終えてからもう三時間も経っていた。彼女《かのじょ》ともう一人、書類を整理してお茶を置く場所を確保しようと奮闘《ふんとう》している男性文官はロゼリアが自らスカウトして来た学生時代の同窓だ。おしゃべりなリズベットと寡黙《かもく》なステイル。婚約者同士《こんやくしゃ》である二人はエリザベートの様な飛び抜けた天才ではないが、大抵《たいてい》の事を卒なくこなす秀才達《しゅうさいたち》だ。

「それにしても減りませんね。書類の山」

「ああ。よく今までフリード殿下《でんか》がこれを処理出来たものだ」

「バカね。処理出来ないからロゼリア様や私達が働いているんでしょ。今まではエリザベート様がやっていたに決まっているじゃない」

「そうね。わたくし達は出奔《しゅっぽん》したエリザベートの後釜《あとがま》ですわ」

「それも失礼な話ですよね！　元はフリード殿下の婚約者候補だったとは言え、もう王室と無関係なロゼリア様を呼びつけて働かせるなんて。いっそ、あのちんちくりんピンクを始末してロゼリア様が王太子妃《ひ》になった方が良いのでは？」

「気持ち悪い事を言うのはおやめなさいな」

学生の頃《ころ》は己《おのれ》こそ次期王妃に相応《ふさわ》しいと、事あるごとにエリザベートに張り合っていたのだが、健闘虚《けんとうむな》しく婚約者は変わる事なく、成人を迎《むか》え、予備としての御役《おやく》は御免《ごめん》となった。

「当初こそ屈辱《くつじょく》と劣等感《れっとうかん》を持っていたけれど、今となっては婚約者に選ばれなくて良かったと思っていますわ」

「まぁ、フリード殿下の本性《ほんしょう》を知ってこれからの人生を捧《ささ》げるなど出来ませんよね。私も昔は殿下に憧《あこが》れたんですけど、今では忘れたい過去ですよ」

「王都に呼ばれた当初、ブラート陛下はシルビアを排《はい》してわたくしを王妃にと言う考えが有ったみたいだけど、その気配を滲《にじ》ませた時に少しだけ殺気を漏《も》らしたら口に出すことはなかったわ」

「流石に王家が仲介《ちゅうかい》して決まったロゼリア様の婚約を無理矢理《むりやり》解消させる事は出来ないと思ったのでしょう」

「ロゼリア様が了承《りょうしょう》するなら別だけど、ファドガル公爵《こうしゃく》家はエリザベート様の生家であるレイストン公爵家とは違《ちが》い王家派閥じゃないから、あまり王家の権力で無理に動かす事が出来なかったんだろうね」

「そんな事をすれば手痛いしっぺ返しを食《く》らう事になるだろうからな」

王城の中心に近いこの場所で堂々と王家への批判を口にする二人だがロゼリアは止めるつもりはない。王妃にされる事を免《まぬが》れたロゼリアだったが、代わりに与えられたのは特例王太子補佐官などと言う訳の分からない役職とフリードの尻拭《しりぬぐ》いの日々だった。女官としては有り得ないくらいの俸禄《ほうろく》を約束されているし、相応の権力を与えられているのでこの二人を守るくらいは簡単な事だった。

「失礼致します！」

慌てた様子で執務室に飛び込《こ》んで来たのは王太子付きの文官……現在はほぼロゼリアの下で働いている文官だった。その取り乱し様に、またフリードかシルビアが問題を起こしたのだと思ったロゼリア達は隠す事なく深いため息を吐《は》き出した。今度は何をやらかしたのかとロゼリアは問う。

「また王太子殿下が問題でも起こしたのかしら？　それとも婚約者の方？」

「い、いいえ、違います。その……軍部の方で問題が……」

「はぁ」

そっちが有ったたか、とロゼリアが額を押さえて天を仰《あお》ぐ。その視線の先に雲一つない青空や宝石をちりばめた様な星空が有れば多少の慰《なぐさ》めになっただろうに、現実は見飽《みあ》きた天井《てんじょう》が目に入るだけだ。

ファドガル公爵は軍派閥のトップだ。その娘《むすめ》であるロゼリアが王城で要職に就《つ》いた事で一部の軍派閥の貴族達が動きを活発にしていた。

「軍部はなんと言っているのですか？」

リズベットがロゼリアに代わり問う。

「我《わ》が国に反発して軍事拡張をしている属国を見せしめに蹂躙《じゅうりん》して規律を正すべき、と」

「属国との関係回復の為《ため》にわたくしがどれ程手を尽《つ》くしたか解《わか》っているのかしら」

防衛力の強化の為の軍備の拡張や魔物《まもの》の討伐《とうばつ》を主張する者達はまだ良いが、帝国《ていこく》への軍事侵攻《しんこう》や関係が悪化している属国への武力弾圧《だんあつ》を掲《かか》げる過激派を看過する訳にはいかない。

「その……それらの主張にフリード王太子殿下が賛同されたとか……」

「あの馬鹿《ばか》殿下は……本当に余計な事しかしませんね！」

「どうやら過激派の者達に出所不明の資金や物資が流れている様です」

ステイルは怒《いか》り心頭のリズベットを宥《なだ》めながら文官から受け取った資料にさっと目を通しながらそう言った。

「フリード殿下の賛同の理由もその辺りに有るのかと」

「紹介状《しょうかいじょう》の件といい、王族として私費は与えられている筈でしょう。何にそんなにお金を使っているのかしら。とにかく今は軍派閥の過激派を抑えないといけないわ。リズは直ぐに領地のファドガル公爵に連絡を。ステイルは過激派に流れている資金や物資を追って。わたくしが陛下から貸《か》し与えられている影を使っても良いわ」

「「畏まりました」」

二人が頭を下げ、文官と共に部屋を出るとロゼリアはもう何回目かも分からないため息を吐き出す。

「やはりこの辺りがわたくしの限界ですわね。これ以上をこなせと言うなら相応のカリスマが必要だわ」

ロゼリアは一人呟いた。此処で言うカリスマとは個人の人間的魅力《みりょく》ではなく、その者が持つ権威《けんい》や地位といった立場から来る求心力とでも言うべき物だ。ロゼリア自身の魅力に頭を垂れる者は居る。しかし、その立場故に軍派閥が余計な力を付けたり、実家との力関係を気にして見送らなければならなかった政策も少なくないのだ。

「本来ならフリード殿下の王太子としての権威を使うべきなのだけれど……」

今までの多くの失策や失言で臣下から見放されているフリードに求心力などない。周囲に居るのは甘《あま》い汁《しる》を吸いたい寄生虫の様な奸臣《かんしん》ばかりだ。

「何処かに魅力的で有能な神輿《みこし》は落ちてないものかしら？」

ついつい口から溢《あふ》れるロゼリアの嘆《なげ》きを耳にする者は誰も居ない。

同じくハルドリア王国の王城、ロゼリアが仕事に追われる執務室とは離れた位置に有る王族のプライベートなエリアの中庭にあるガゼボには二つの人影が並んで座《すわ》っていた。フリルをふんだんに使ったドレスに身を包んだピンクの髪《かみ》の少女が上質な服を着た金髪《きんぱつ》の青年に苛立《いらだ》ちながら何かを話している。王国の王太子フリード・ハルドリアとその婚約者シルビア・ロックイートだ。

「それであの教育係は私を馬鹿《ばか》にするんです！」

「シルビィを不快にするとは……その教育係はクビだな」

「本当ですか⁉」

「ああ、任せておけ」

「ありがとうございます。フリード様」

シルビアは破顔すると嬉しげにフリードの腕《うで》に抱《だ》きつき身を寄せた。フリードは腕の柔《やわ》らかい感触《かんしょく》に口《くち》の端《は》を歪めるとシルビアの額に口づけを落として紅茶を飲み干した。

「ではシルビィ。俺《おれ》は執務に戻《もど》る」

「お忙しいのですね」

「ああ、俺はこの国の次の王だからな。俺でなければできない仕事が山の様にある。無能な文官や生意気なロゼリアがもう少し使えるなら俺も楽になるのだがな」

フリードはそう言いながら肩を竦めてから中庭を去って行った。その背中をシルビアは笑顔《えがお》で見送った。そしてフリードの姿が見えなくなるとその笑顔も引っ込み深い溜息《ためいき》を吐き出した。

「はぁ～。なんでこんな事になったのかしら。私はただ王妃様になって贅沢《ぜいたく》に暮らしたいだけだったのに」


庶民の生まれで片親。シルビアは、そんな底辺からのスタートで始まった人生を悲観していた。元は貴族の屋敷《やしき》で働いていた事もあると言う母親は、スラムに近い場末の酒場で客を取り、稼いだ日銭《ひぜに》も殆《ほとん》どを酒に費やす様な人だった。自分もその内、母親と同じように端金《はしたがね》で体を売らされ、惨《みじ》めに死んで行くのだろうと漠然《ばくぜん》と考えていた。転機が訪《おとず》れたのは母親が死んだ時だ。酒か、はたまた性病に罹ったのか、原因は分からないが、母親は体調を崩《くず》すと呆気《あっけ》なく死んでしまった。

「はぁ」

母が居なくなった部屋は少しだけ広く感じた。

「これからは自分でお金を稼ぐしか無いなぁ」

今までは酒場の給仕《きゅうじ》や簡単な手伝いで小銭《こぜに》を稼ぐ程度だったが、それではとても生きて行く事は出来なかった。部屋に隠してあった箱を確認すると金貨が一枚と銀貨が数枚、後は全て銅貨。これがシルビアの全財産だった。

「もって三ヶ月くらいかな？」

生きる為には、母親と同じ様に体を売るしか無い。母親に客を斡旋《あっせん》していた酒場の女主人に仲介を頼《たの》もうと出向いた時、そこでこの辺りの人間とはまるで違う上等な服を身に着けた男が女主人と話していた。

「ああ、あの子だよ」

シルビアを指差した女主人に男が何事かを話した後、シルビアに話しかけて来た。

「お初にお目に掛かります。シルビア様」

「……は？」

男はさる貴族様に仕える執事《しつじ》だそうだ。そして母親はその貴族様の屋敷でメイドとして働いており、その貴族様がシルビアの父親だそうだ。執事は貴族様の庶子《しょし》であるシルビアを迎えに来たのだと言う。

「旦那《だんな》様には奥様《おくさま》が居りましたから、シルビア様の母君は身を引いたのです」

あの母親がそんな殊勝《しゅしょう》な事をする筈がないと確信するシルビアは、この執事や自分の父だと言う貴族を信用する気が失《う》せた。しかし、このまま此処で母親と同じ運命を辿《たど》るよりはマシだろうと、シルビアは執事について行く事に決めた。連れて行かれたのは見た事もない程《ほど》の大きな屋敷だった。

「大きい……」

今にして思えば所詮は下級貴族。貴族街ですら無い場所に構えられたこの屋敷よりも大きくて立派な屋敷などいくらでも有る。しかし、貧民として生きてきたシルビアにとって、初めて見た貴族の屋敷は噂《うわさ》に聞く王宮ではないのかと思うほど立派に見えた。

「ほう、お前がシルビアか」

その屋敷でシルビアは初めて自分の父親と対面した。父親だと名乗るでっぷりと腹の出たロックイート男爵《だんしゃく》は、好色を絵に描《えが》いたような笑《え》みを浮《う》かべながらシルビアをジロジロと観察する。

「ふ～ん。見目はまあまあだな。下民故、無知なのは仕方ない」

「あら、卑《いや》しい娼婦《しょうふ》の娘なんだから男を侍《はべ》らすすべくらいは知っているでしょう？」

「クスクス、やだ、何ですかその格好？　よくそんな見窄《みすぼ》らしい格好で外に出れますね」

その横に居るのは父親をそのまま小さくした様な下心を隠《かく》す事もしない異母兄、蔑《さげす》んだ視線を向けるロックイート夫人と異母妹。まるで見せ物の様で不愉快《ふゆかい》だったが、シルビアは無視を決め込む。ロックイート男爵はメイドに何やら指示を出してすぐにシルビアを部屋から追い出した。

「此方がシルビア様のお部屋になります。今後の事は旦那様よりご指示がありますので従ってください」

メイドに連れてこられたのは屋根裏にある狭《せま》い部屋だった。しかし、今までシルビアが住んでいた部屋よりは広い。その後、最低限の教育を詰め込まれたシルビアは貴族の通う学園へと入れられた。入学までの僅かな間に知った事は、ロックイート男爵家が借金で破産寸前である事。母譲《ゆず》りで器量の良いシルビアは、学園卒業後、羽振《はぶ》りの良い商人の後妻だか、第何夫人だかになるらしいと言う事だった。なんて事はない。借金でクビが回らなくなったロックイート男爵は、昔捨てた娘を売り払う事を思いついただけだったのだ。

「貴族も平民も変わらないな」

その事実を知ったシルビアが思ったのはそれだけだった。ずっと歳《とし》上の好色ジジイに嫁《とつ》がされても貧民街で春を売るよりかはずっとマシだ。そう思ったシルビアはロックイート男爵に言われるままに学園へ通った。そこでシルビアの運命は、再び大きく動く事になる。

あのキラキラした王子様と、温室でぬくぬくと育った癖《くせ》に全てを知っているかの様に振《ふ》る舞《ま》うイケすかない女との出会いだ。色々と有ったが、結果あの女は捨てられ、シルビアは王太子の婚約者へと収まった。

「良くやったシルビア。流石は私の娘だ！」

「義兄《ぎけい》として鼻が高いよ」

「これも私の教育の賜物《たまもの》ね」

「お姉様、素敵《すてき》です！」

フリードと恋仲《こいなか》になった途端《とたん》、男爵家の者達は手の平を返した様にシルビアに擦《す》り寄った。だからシルビアも彼《かれ》らを利用する事にしたのだ。少しずつ取り入って媚《こ》びを売り、その裏で父や義兄の弱みや不正の証拠《しょうこ》を握《にぎ》る。いざとなったら彼らを使って自分の安全だけは確保出来る様に手を打った。

これで安泰《あんたい》。まさに人生大逆転だ。シルビアは幸福になる筈だった。それなのに…………。あれだけ優秀だった筈の王子様は、仕事から逃げ回り、臣下からも陰口《かげぐち》を叩かれる様になった。いつも自分を気に掛け、遊びに連れ出してくれたのに、今では仕事や勉強でまともに構っても貰えない。シルビアは学は無いが馬鹿では無い。今となってはあの優秀な王太子の姿が自分達が排除したエリザベートによって作られていた事も察していた。

「…………これで良かったのよね」

シルビアは自分に言い聞かせる様に呟く。心の奥《おく》でシルビアの自分でも気付かない不安は積み重なっていた。

◇

湖を見下ろす小さな丘の上には見渡《みわた》す限りとまではいかないが、綺麗な花畑が広がっていた。風で流れる髪を押《お》さえつける私の視線の先には花畑の中心を陣取《じんど》り、アリスがルノアに教わりながらおぼつかない手つきで花冠《かかん》を作る姿が見える。

「ママ、見て！」

何度か失敗しながらも納得《なっとく》のいく物が完成したのか、アリスが私の所まで駆《か》けて来て作った花冠を掲げた。白と水色の小さな花が交互《こうご》に並んでいる。

「上手に出来たわね」

「えへへ。ママにあげる！」

アリスは背伸《せの》びをして座っていた私の頭に花冠を載せてくれた。

「ありがとう」

薄く頬を染めはにかんだアリスは私に手を振ってルノアの元に戻って行く。王太子の婚約者だった頃には考えられないくらいに穏《おだ》やかな時間だ。

「ママはお花のかんむりとか作ったことあるの？」

「ん～ママは無いかな」

「そうなの？」

「ええ。ママがアリスくらいの時には一日中お勉強をさせられていたからね」

やんわりとした表現だが、実際にはマナーや勉学に加えて魔法《まほう》や武術など、将来の王妃として厳しい教育を受けていた。ミレイと出会ったり、商会を経営したりと自由に活動出来るようになったのはもう少し後になってからだった。生まれてから婚約を破棄《はき》されるまで、私の人生は王家の為、国民の為に費やされてきた。私が少し苦い顔をしているとアリスが不思議そうに顔を覗き込んできた。

「ママ？　どうしたの？」

「何でもないわよ」

「ママはお花のかんむりの作りかた知らない？」

「そうね。アリスが教えてくれるかしら？」

「うん！」

早く早くと、アリスに手を引かれた私は、花畑の中へと足を踏み入れるのだった。


太陽が空の頂点を過ぎてしばらくしてミーシャが私達を呼びに来た。風が冷たくなる前に帝都に帰る予定だ。アリスと手を繋ぎ馬車まで戻ろうとしていた時だ。少し冷えたのかアリスがクシャミをした。するとアリスの顔の前で小さな火花が散った。

「へ？」

ルノアが驚きの声をあげる。

「あら？　魔法の暴発ね……でも、火花？」

「魔法の暴発ですか？」

「ええ。ルノアは魔力《まりょく》が扱《あつか》えるようになったのが最近だから分からないだろうけど、幼い頃から高い魔力を持っていると制御《せいぎょ》出来なかった魔力が暴発して小さな魔法が発動することが有るのよ」

疲《つか》れてフラフラし始めたアリスは抱き上げると私の肩《かた》に頭を預けて眠《ねむ》り始める。力が抜《ぬ》けたアリスの体が滑《すべ》り落ちない様に気を付けながらルノアに説明する。

「そうなんですね」

ルノアは納得した様だが、ミーシャは引っかかりを覚えたようだ。

「でも、今の火花はおかしくないでしょうか。確か前に調べた時は……」

「アリスの魔法適性は水属性だったはずだわ」

そう、アリスを帝都に連れ帰った時に、医者に診《み》て貰うのと同時に、魔力に関しても調べていた。それによるとアリスは確かに私と同じ水属性の適性が有った筈《はず》なのだ。

「水属性の魔力の暴発なら多少の水が出る程度のはずよ。比較的《ひかくてき》安全な属性だから高い魔力を持っていてもアリスには魔力を制限するマジックアイテムを持たせなかった。火属性は今の様に火花が散るから念のためにマジックアイテムを持たせるものなのよ」

「前回の検査結果が間違《まちが》っていたのでしょうか？」

「分からないけれど、屋敷に帰ったらもう一度調べる必要があるわね」

ミーシャとルノアと共にミレイの待つ馬車へと戻るのだった。

◇

私は執務室で改めて行われたアリスの魔力検査の結果を前に眉間《みけん》に皺《しわ》を寄せていた。帰宅後、アリスを休ませてから行われた魔力適性の検査で、アリスには火属性と水属性の適性がある事が判明したのだ。ミレイと私が険しい顔をしている中、事の重要性をいまいち理解出来ていないルノアとミーシャはお互いに視線を交《か》わし、ミーシャがオズオズと手を挙げた。

「あの……二つの属性に適性が有るのはそんなにおかしいのですか？」

「そうね。一応、複数の属性に適性を持つ場合もあるわ」

「いわゆる、『複合属性』と呼ばれる物ですね」

「それはどんな物なんですか？」

ルノアが首を傾《かし》げる。

「そうね……ルノアやミーシャはシスティア・プルオールは知ってる？」

「はい、Aランク冒険者『泥《どろ》のシスティア』ですよね」

「以前、お休みにルノア様と泥のシスティアの冒険と言う劇を観《み》に行きました」

「ええ、そのシスティアよ。彼女が使う泥の魔法は、正確には水属性と地属性の複合魔法なのよ」

「では泥のシスティアは水属性と地属性の二つに適性があるのですか？」

「そうよ。でも複合属性の人は普通その複合属性しか使えないの。システィアの場合なら水属性や地属性の魔法は使えず、泥の魔法しか使えない。アリスの様に二つの属性をそれぞれ使える訳ではないのよ」

「二つの属性それぞれを使える人は居ないのですか？」

私は腕を組み眉根《まゆね》を寄せる。

「う～ん、記録に無い訳じゃないわ。例えばイブリス教の聖典に出て来る『黒の聖女様』が光属性と闇《やみ》属性の魔法を使う描写《びょうしゃ》が有るわね。それから古王国時代のエルフの大賢者《だいけんじゃ》にして大錬金術師《れんきんじゅつし》、ホールン・パラケルススは水、風、地の三属性を操ったと言うわ」

私の説明にルノアは反応に困った感じで口を開く。

「それは……どちらも伝説上の人物ですよね？　実在したかどうかも分からない」

「確実に実在した人物だと、約一八〇〇年前に異界から現れて魔王《まおう》を倒《たお》した『勇者』ヒロシ・サイトーは全ての属性の魔法を扱えたと言われているわね」

「いずれにしてもアリスちゃんはかなり特異な存在と言う訳ですね」

「そうなるわ。この話が広がれば妙《みよう》な連中に狙《ねら》われるかも知れないから、早いうちに魔力の制御を教える必要があるわね」

「そうですね。高位貴族や魔導師《まどうし》の家系ならアリスくらいの年齢《ねんれい》で魔法を使える者もいます。なるべく早く魔力の扱いを教えて人前ではどちらかの属性の魔法のみを使う様にした方が良いでしょう」

「そうね。ルノアとミーシャもアリスの魔法適性に関しては口外禁止よ」

「はい」

「畏《かしこ》まりました」

二人に口止めをした私は、今後のアリスへの魔法教育の予定をまとめるべくペンを手にするのだった。

◆

潮風が髪を撫でる感触を楽しみながら彩暁《アデル》は大海原《おおうなばら》を進んでいた。大型の交易船を貸し切り目的地へと真《ま》っ直《す》ぐ進んでいる。

「おい、嬢《じょう》ちゃ……じゃなかった、彩暁様。そろそろ風が冷たくなるから船室に戻れ……お戻り下さい」

話しづらそうに声を掛けて来た阮《グエン》に、彩暁は吹《ふ》き出しそうになりながら返事をする。

「ぷっ！　くっく。阮船長、そんな無理に言葉を使わなくて良いよ。今まで立場を隠していたのはボクなんだから」

「い、いや、でもよぉ、彩暁……様は帝室《ていしつ》の関係者なんだろ？」

「関係者と言っても末端《まったん》だよ。ボクの母上は皇帝《こうてい》陛下の従妹《いとこ》だけどね。でもボクは異国の血を引いているから帝位継承権《ていいけいしょうけん》は無いよ。その内、宮を出て行く人間さ」

だから今まで通りの話し方で良いと言う彩暁に阮は諦《あきら》めた様に肩の力を抜いた。

「しかし驚いたぜ。宮廷《きゅうてい》に呼び出されたと思ったら彩暁の嬢ちゃんを運べだなんて」

「突然《とつぜん》ごめんね。急な話で動かせる船が無かったんだ。大海を越《こ》えて別の大陸まで航海出来る船乗りは多くは無いからさ」

「まぁ、俺たちは十分な報酬《ほうしゅう》を貰うから良いけどよ」

彩暁を呼びに行った筈の阮が戻らない為、猫蘭《マオラン》が船室から出て話し込む二人に近づいた。

「彩暁様、阮船長、そろそろ中に……」

そんな猫欄の声を遮《さえぎ》る様に帆《ほ》の上の見張りが鐘《かね》を打ち鳴らした。

「敵襲《てきしゅう》！　敵襲！　三時の方向！　海竜《シー・ドレイク》だ！」

悲鳴の様なその叫《さけ》びに、船室に居た船員達も飛び出して来る。見張りが示した方向を見ると、遠くの波間に巨大《きょだい》な蛇《へび》の様な姿が垣間見《かいまみ》える。海竜と呼ばれる竜種《りゅうしゅ》だ。等級としては火竜などと同じ中位竜種と呼ばれる魔物だが、海に生息している都合、他《ほか》の同ランクの魔物よりも遥《はる》かに厄介《やっかい》な存在である。

「くそ！　なんだって海竜が！」

阮が苦虫を噛《か》み潰《つぶ》した様な顔で吐き捨てる。しかし、すぐに覚悟《かくご》を決めると、指示を飛ばす。海竜は既《すで》に此方を獲物《えもの》として認識《にんしき》しているのか、真っ直ぐ向かって来ている。

「砲《ほう》を用意しろ！　術師は防御《ぼうぎょ》を！　風術が使える奴《やつ》は帆に風を送れ！」

大声で指示を出した阮は一人の船員を呼び止める。若いが優秀《ゆうしゅう》で阮が特別目を掛《か》けている船員だ。

「おい！　お前は彩暁の嬢ちゃんと猫蘭ちゃんを連れて小舟《こぶね》で逃《に》げろ！」

「え⁉　し、しかし、船長！」

「黙《だま》れ！　反論は許さん！　俺《おれ》達が時間を稼《かせ》ぐ！　なんとしても二人を逃がせ！」

躊躇《ためら》う船員に怒鳴《どな》る阮を止めたのは彩暁だった。

「まぁまぁ、阮船長、此処《ここ》はボクに任せてよ」

「はぁ⁉　こんな時に何を言ってやがる！」

「良いから、良いから。猫蘭、ちょっと行ってくるね」

「お止めしても行かれるのでしょう？」

「うん。ボクも阮船長達にはまだ死んで欲《ほ》しくないからね」

「では、ご武運を」

「お、おい！」

なお止めようとする阮を無視して彩暁は船の縁《ふち》から身を躍《おど》らせた。

「な⁉」

船から海に落ちる間に彩暁は魔力を凝縮《ぎょうしゅく》させる。

「神器【風華《ファン・ファ》】」

渦巻《うずま》く様な魔力の放流が彩暁に集まり物質化する。それは羽織りだった。艶《あで》やかな花と風を模した美しい羽織りだった。

「【風歩《エア・ステップ》】」

彩暁の足下《あしもと》に集まったのは風の塊《かたまり》。それを踏《ふ》み、彩暁は飛び上がる。強化された身体能力で風を蹴《け》るのと同時に、集めた風を突風《とっぷう》として体を吹き飛ばす。それを数度繰《く》り返した彩暁は瞬《また》く間《ま》に海竜の頭上へとやって来た。彩暁から放たれる強大な魔力に反応したのか、海竜は首をもたげると、人間とは比べ物にならない魔力によって口から水流を放つ。

【水息吹《ウォーター・ブレス》】と呼ばれる強力な攻撃《こうげき》だ。

彩暁は右腕《みぎうで》を天へと振り上げる。全《すべ》ての指を揃《そろ》えて、真っ直ぐに。羽織りがはためき彩暁の手刀に巻き付く様に風が這《は》う。

「【風華《ふうか》：旋風《つむじかぜ》】」

彩暁の手刀と共に振り下ろされた風の刃《やいば》は、【水息吹】を切り裂《さ》き、海竜の鱗《うろこ》を深く斬《き》りつける。

「【風華《ふうか》：颪《おろし》】」

再び風を蹴り、怯《ひる》んだ海竜のすぐ側を駆け抜けながら両手に纏《まと》った風を薙《な》ぐ。一瞬の静《せい》寂《じゃく》の後、海竜の首が落ち、海に血の赤が広がった。

「悪いね」

海竜が死んだ事を確認した彩暁は猫蘭や阮が待つ船へと戻って行くのだった。こうして彩暁の航海は続いていった。

◇◆☆◆◇

『帝国と公国を繋《つな》ぐ大陸横断鉄道。ルーカス・レブリック・ハルドリア大公が独立し建国した公国と帝国を繋ぐこの鉄道は、公国の建国から一〇〇年を過ぎた頃に工事が始まり、事故や反対運動、魔物の襲撃《しゅうげき》など、数々の困難を乗り越《こ》えて完成しました。当時は最新鋭《さいしんえい》だった蒸気機関と魔導力の複合動力による魔導汽車が大陸横断に成功した事は中央大陸のみならず世界的な話題となったのでした』

映像水晶《すいしょう》の画面の向こうでリポーターを務める最近人気のアイドルが公都中央駅の側に有るファドガル記念公園の石碑《せきひ》の前に立ち赤髪を揺《ゆ》らしながらマイクを握っている。石碑に刻まれた大陸横断鉄道の歴史に言及《げんきゅう》した後、コマーシャルを挟《はさ》み、場面は列車の中へと変わる。

『現在では完全に魔導力のみの列車へと移行しており、また線路に刻まれた魔物避《よ》けの魔《ま》法陣《ほうじん》によって事故はほとんど無くなりました』

赤髪のアイドルが座る席の車窓から見えるのは光を反射する水面だった。ユーティア帝国の帝都の側にあるカラシラ湖だ。都心に近い美しい自然を残すこの湖は帝国有数の観光地であると彼女は説明する。この湖の側の駅は景観を重視したのか、必要最低限の機能しか持たないシンプルな作りとなっている。その駅で降りたアイドルは美しい湖を背景にマイクを持ちゆっくりと歩く。

『このカラシラ湖は白銀の魔女《まじょ》様も訪れたと言う記録が残されており、当時は美しい景観と湖の側に広がる花畑が帝都《ていと》の人々の癒《いや》しの場だった事が窺《うかが》えます。現在ではロッジや売店、遊歩道が整備され、自然公園として年間を通して多くの観光客が訪れるそうです』

カラシラ湖駅の外観や周囲の景色が映り、軽快な音楽が挿《さ》し入れられる。渋《しぶ》いナレーターの声で幾《いく》つかの補足説明が入り、画面がアイドルへと切り替《か》わると、来週は帝国と公国の境にある駅が紹介《しょうかい》される事を予告しエンディングに番組のテーマ曲が流れ始める。次の放送は一週間後だ。

私が作った喫茶店《きっさてん》《グリモワール》は商業区の中でも貴族街に近い場所に位置しており、裕福《ゆうふく》な商家の娘や御忍《おしの》びの貴族の子女で賑《にぎ》わっている。チョコレートを中心としたスイーツは帝国の人々に受け入れられたようだ。チョコレートの加工の容易《たやす》さが職人の心に刺《さ》さったらしく、次々と趣向《しゆこう》を凝《こ》らした菓子《かし》が生み出されていた。

「盛況《せいきよう》で何よりね」

喫茶部門から上がってきた報告に目を通して私は薄《うす》く笑みを浮かべた。

「はい。貴族の茶会用に各家の紋章《もんしよう》を象《かたど》ったチョコレート菓子がヒットしているようです。グリモワールで特注したチョコレートを食すのが現在の社交界のトレンドとなっています」

「上々ね。既にいくつかの領から支店を出さないかと言う話も来ているわね」

「そちらの人材の育成もグリモワールのパティシエの下で信用出来る者を指導中です」

「喫茶部門は支店の増設に慎重《しんちよう》なトレートル商会とは違い、なるべく多くの領地に展開したいから人材の確保は急務ね」

「こんなに早く展開して大丈夫《だいじょうぶ》でしょうか？」

「ええ。喫茶部門は商会とは違って商売の範囲《はんい》が限定的だから私の管理を逸脱《いつだつ》する可能性は低いわ。それに各地に展開する事でその土地の特産品を使ったメニューの開発や情報の収集、発信などにも有用だと思うのよ」

「なるほど。では帝国をエリア分けしてそのエリア毎《ごと》に統括《とうかつ》する者を置くのは如何《いかが》でしょうか？」

「良いわね。浮いている人材は？」

「吸収した商会で管理職についていた者で適任者が数人います」

「ではその者に任せましょう」

「直ぐに手配致《いた》します」

執務室《しつむしつ》を出ていくミレイの背中を見送った。最近は商会の大きさ故に私の目が届かない場所も増えてきた。管理に気をつけないと身内に足を掬《すく》われる時期だ。各部門の責任者には気を引き締《し》めるように通達した方がいいわね。椅子《いす》の背もたれに背中を強く押しつけて腕を頭上に伸《の》ばす。そっとドアを見るが勢い良く開いてアリスが飛び込んでくる様子は無い。最近のアリスは以前の様に私にベッタリとする事も減り、こうして仕事をしている間はメイドに任せられる様になった。

私が書類にサインを入れながらルノアと話していると、金貨袋《ぶくろ》を抱《かか》えたミレイが執務室に入って来た。

「エリー様、今月分の金貨です」

「そこに置いておいて頂戴《ちょうだい》、後で纏めて金庫にしまうわ」

「はい」

目の前に居たルノアは特に何も反応しない。初めの頃《ころ》は金貨が詰《つ》まった袋に目を回していたものだけれど……成長したわね。ミレイが金貨が詰まった袋をルノアの机に置くと、中の金貨が音を立てる。

「ん？」

私は立ち上がり金貨袋が置かれたルノアの机にまで近づいた。

「エリー会長？」

ルノアが不思議そうに見上げて来るが、今はそれどころじゃない。私は金貨を一枚取り出すと、裏、表とマジマジと見る。

「…………ルノア、この金貨を鑑定《かんてい》して」

「え？」

私はルノアに金貨を手渡《てわた》す。

「早く」

「は、はい！」

机に金貨を置いたルノアは金貨に手をかざし詠唱《えいしょう》を始める。

「万物《ばんぶつ》に宿し魂《たましい》よ　秘《ひ》めたる姿を我が前に晒《さら》せ　【物品鑑定《アイテム・アナライズ》】」

しばらく目を瞑《つぶ》っていたルノアが驚《おどろ》きの表情で目を見開いた。

「こ、これ！　おかしいです！　鉱物比率が金貨の物じゃないです！」

やはり。先程《さきほど》、金貨袋から鳴った音が少し妙だった。しかし、どう見ても金にしか見えない。

「ミーシャ。秤《はかり》とナイフを」

「はい！」

秤に載せて重さを測るがその重さは金貨と同じだった。次にナイフで表面を少し削《けず》ったが金にしか見えない。でもルノアの鑑定では通常の金貨と鉱物の比率が違《ちが》っている。

「………となると」

私はナイフを振り上げ、魔力を纏わせると金貨に向けて振り下ろした。机の上で真っ二つになった金貨の断面を見ると、金の中心に黒くボロボロになった物が見える。帝国金貨は金九〇％銀一〇％の比率で作られている筈だ。こんな芯材《しん》が使われている筈がない。

「やはり偽金《にせがね》か」

私は金貨の中に仕込《しこ》まれていた黒いかけらを観察する。鉱石の様にも見えるが、所々がボロボロに砕《くだ》けて粉末になっていた。

「ルノア、この芯材は何か分かる？」

「す、すみません。私の鑑定魔法《かんていまほう》ではそこまでは分かりませんでした」

「そう」

鑑定魔法にはいくつか種類がある。【鉱石鑑定《ストーン・アナライズ》】や【植物鑑定《プラント・アナライズ》】などの一種類のものに特化した鑑定や【生物鑑定《ビーイング・アナライズ》】、【能力鑑定《スキル・アナライズ》】などの幅《はば》が広い物も有る。ルノアの【物品鑑定】はかなり幅広く鑑定出来る希少な魔法だ。ただし、どの鑑定魔法でも共通するのが未知の物を鑑定する事は出来ないという事だ。鑑定魔法とは自らが持つ知識から対象の情報を見《み》抜《ぬ》く魔法なのだ。つまり鑑定魔法を使いこなすには相応に幅広い知識が必要になる。この場合、鉱物や金属に関する知識が足りなかった為ルノアはこの芯材の正体を見抜く事が出来なかったと言う訳だ。ルノアが鑑定出来ないなら仕方ない。私は両断していない偽金貨を手に取り改めて観察する。それにしても妙な偽金だ。この様な偽金は通常ならあり得ない。

「変ね」

「そうですね」

「変ですか？」

「？」

首を傾げる私とミレイに、ルノアとミーシャは不思議そうな顔をする。

「変よ。この偽金貨……手が掛《か》かりすぎているわ」

「えっと……どういう事ですか？」

「ルノア。偽金貨はどの様に使われるか分かるかしら？」

「え？　偽金なんですから本物の金貨より安価な素材で作って金貨として使用してその差額で利益を得るのでは？」

「そうよ、普通《ふつう》はね」

私の答えにますます首を捻《ひね》るルノアとミーシャに説明する。

「帝国《ていこく》金貨には偽造《ぎぞう》を防止する為《ため》の細工がいくつもされているわ。有名な物からごく一部の人間しか知らない物までね。この偽金貨は見たところ、それらを完璧《かんぺき》に模倣《もほう》しているわ。これだけの細工を調べる手間もかかるし、加工する設備、細工出来る人材を揃えるにはかなりの資金が必要よ。それにこの金貨に使われている金の比率はかなり高い。芯材にこの黒い鉱物を使っている分、使用される金の量は減っているから、本物の帝国金貨に比べると安価だけど、金貨としての価値で言えばそこまで安くなっていないのよ」

「つまりこの偽金貨はそれなりに価値のある偽物って事ですか？」

「ええ、これだけ精巧《せいこう》に偽造する手間を掛けて作った偽金貨だと考えると割に合わないのよ。この偽金貨を使って利益を得るには相当量をばら撒《ま》かないといけない。そんなに大量に偽金貨をばら撒けば当然気づく者も出てくるだろうから、リスクに対してのリターンが少ないわ。そんな量の金貨で取引をするとなると帝国政府か大商人でしょうけど、大きな取引には鑑定士《かんていし》を同席させるのが普通だから直ぐに偽金だと気づかれる」

　私の言葉に同意するようにミレイが頷《うなず》いた。

「ですから通常出回る偽金貨とは、鉄製の物に金メッキを施《ほどこ》した物など、かなり雑な物が多いのです。そう言った物を田舎《いなか》の小さな商店などで使い細々と利益を得る犯罪者がほとんどです」

「ではなぜこんな偽金貨が？」

「そうね…………………予想だけど、これは他国からの帝国への経済攻撃だと思うわ」

「攻撃……ですか？」

「金貨で利益を得る事は二の次、真の目的は帝国通貨の国際的信用を落とす事だ思うわ」

「えっと……どういう意味でしょうか？」

「帝国の金貨の中に偽金が交じっていると言う事実が広がるとどうなると思う？」

「それは……みんな帝国の金貨を警戒《けいかい》します。自分の金貨がもしかしたら価値の低い金貨かも知れないと思ってしまいます」

「そうね。今、この中央大陸では多くの国がそれぞれ金貨や銀貨を作っているのだけれど、その中でも信用がある、つまり価値があるのは帝国金貨と王国金貨よ。この二つの国のお金は多くの国で両替《りょうがえ》なしでそのまま使う事が出来る。その内、帝国金貨の信用が落ちるという事は、王国金貨がこの大陸の経済の中心になると言う事。そうなれば帝国の経済は大《だい》打撃《だげき》を受け、逆に王国は大陸中を席捲《せっけん》する事になるわ」

私の説明でルノアは偽金の危険性を理解したようで顔を青くしている。

「で、では、早く犯人を捕《つか》まえないと！」

「そうね。でもこの偽金が他国から流入しているとしたら少し難しいわね」

「そうなのですか？」

「ええ。犯人の拠点《きょてん》が他国なら帝国には捜査権《そうさけん》が無いから当事国を突《つ》き止《と》め、金貨が偽造されている証拠を揃えてようやく、その国に捜査を依頼《いらい》出来るのよ。しかもこの偽金の精度から考えて背後にそれなりの立場が有る者が付いている可能性が有るわ」

「そ、それって他国の貴族が帝国の金貨を偽造しているって事ですか⁉」

「その可能性が高いと言う事よ」

このまま偽金が広まってしまうのは危険だ。

「ミレイ。至急鑑定士を集めて商会が保有する金貨の真贋《しんがん》を確かめて」

「畏まりました、方式はいかが致しますか？」

「全数……と言いたいけど無理な話ね。抜き出し検査で偽金貨が見つかったら細かく調べて頂戴。それと、偽金貨が商会に持ち込《こ》まれたルートを洗って」

「畏まりました」

「ミーシャは馬車の手配と商業ギルドへ先触《さきぶ》れを。緊急《きんきゅう》で重要性の高い話だと伝えておいて」

「はい」


商会でミレイ達に指示を出した後、私はミーシャを連れて商業ギルドへと向かった。先触れを出しておいたおかげか、はたまた特別認可《にんか》商人の肩書《かたがき》のおかげか、待たされる事もなくすぐに応接室へ案内された。応接室のドアを潜《くぐ》ると魔族の男が私を迎《むか》えてくれた。帝都の商業ギルド、ギルドマスターのカルバン。グランドマスターであるグイードの右腕と呼ばれる男だ。

「突然の訪問でお時間を頂き感謝致しますわ、ギルドマスター」

「君が緊急の案件などと言うからな、無理にでも時間を作るさ。本来ならグイード伯《はく》が対応しても良いのだが、現在は領地へ行っていてね。私で我慢《がまん》して欲しい」

「勿論《もちろん》、十分ですわ」

私はカルバンが手で椅子を示したのを確認《かくにん》して彼の正面に座《すわ》り、ミーシャは背後に控《ひか》えた。

「それでは早速《さっそく》本題と行こう」

「そうですわね。ミーシャ」

「はい、エリー様」

ミーシャが肩に掛けていた鞄《かばん》から取り出した小袋《こぶくろ》を受け取り、中から偽金貨を取り出してカルバンの前に置いた。

「金貨?」

カルバンは金貨を摘《つま》み上げてマジマジと確認する。

「特におかしな所は…………いや、だが何かが…………!?」

カルバンが驚きに目を見開く。おそらく無詠唱で鑑定魔法を使ったのだろう。

「偽金か」

「はい、こちらをご覧下さい」

私は袋から両断した金貨を取り出した。

「………成《な》る程《ほど》、これは廃鉄《はいてつ》だな」

「廃鉄ですか」

廃鉄とは錬金術《れんきんじゅつ》で魔力合金を作製する時に触媒《しょくばい》となる鉄が変質した廃棄物《はいきぶつ》だ。その性質は硬《かた》いが脆《もろ》く、そして重い。基本的に使い道のないゴミだ。

「廃鉄は錬金術師ギルドが回収して処分する筈だ。一般《いっぱん》のルートに流れる事は少ない」

そう言ってカルバンは顎《あご》に手を当てて考える。そして………。

「………何処《どこ》の国か分かるか？」

私と同じ答えへと辿《たど》り着いたカルバンが尋《たず》ねる。

「現在調査中です」

「そうか、先日のキングポイズンスライムの件も有る。二つの事件に繋がりがあるのかも知れん」

「そうですわね。私も個人的に調べてみますわ」

「ああ、私もギルドの調査員を動かそう。もし何か分かったら教えて欲しい。有益な情報なら高く買おう」

「はい、何かわかりましたら直ぐにお知らせ致しますわ」


カルバンとの相談を終え屋敷《やしき》に戻《もど》った私にミレイが駆け寄ってきた。

「エリー様、例の偽金貨の出所が分かりました」

「……随分《ずいぶん》と早いわね。もうルートを辿れたの？」

「トレートル商会に入ってきた偽金貨とは別のルートで入った情報です」

「別のルート？」

「はい。ハルドリア王国に置いている者からの報告です」

ああ、分かってしまった。成る程、そういう事か……。

「…………それで？」

私は片手を額に当てながら溜息《ためいき》を吐《は》き出し、ミレイに報告を促《うなが》した。

「はい……偽金貨の出所はファンネル商会。王国に残して来たエリー様が作った商会です」

ファンネル商会は私が個人的に使える予算を確保する為に作った商会だが、あのクソ王子に上層部を挿《す》げ替えられ実権を奪《うば》われた商会だ。現在の経営陣《けいえいじん》はフリードの取り巻きである貴族子弟《してい》や上手《うま》く取り入った商家の人間で占《し》められており、フリードの権力によるゴリ押し経営で評判は地に落ちていると聞く。

「ファンネル商会の現状はどうなっているのかしら？」

「はい、報告によりますとかなり悪どい商売をしていますね。エリー様が抜けた事でいくつかの商品の生産が出来なくなった事に加えて、量産法が確立していた主力商品である化《け》粧品《しょうひん》も原材料を安価で質の悪い物に変えたり、作業員の人数を減らし負担を増大させた為、品質が劇的に低下しています。その所為《しょい》で肌《はだ》に合わず炎症《えんしょう》などの症状《しょうじょう》が出たと言うクレームも王太子の名前で握《にぎ》りつぶしている様です。取引先も王太子の名前を出されて切るに切れない状態ですね。加えて犯罪組織との繋がりも有るようです。現在の代表はコルト・ランプトン。例の財務大臣ランプトン侯爵《こうしゃく》の子息で現在の王太子の取り巻きの一人ですね。取り立てて有能とは思えません。如何《いか》にお金を搾《しぼ》り取るかしか考えていない小者です。他の幹部も似たり寄ったりですね」

「よくそれで今まで商会が持ったわね。利益なんて殆《ほとん》ど出ていないでしょ？」

「王太子への収支報告書は偽装《ぎそう》されている様です。利益を水増しして報告している様ですね。実際は複数の商会や金融《きんゆう》機関からの借金が嵩《かさ》み、これまた王太子の名前で踏み倒しています」

私はあんまりな惨状《さんじょう》に目眩《めまい》がする思いだった。それなりの蓄《たくわ》えがあった筈の私の商会が、何をやればたった数年でこれ程困窮《ほどこんきゅう》するのだろうか。

「ファンネル商会の名前も地に落ちたわね」

「如何なさいますか?」

「そうね……」

そろそろ王国の商会の件も後始末しなければいけないか。それに今の上層部はフリードに近い馬鹿《ばか》共だし。

「商会内に潜伏《せんぷく》していた者達は?」

「既にかなりの人数が離《はな》れています。現在、ファンネル商会内で我々の息のかかった者は数える程です。コルトはかなり慎重に準備していた様で、間者が情報を掴《つか》んだ時には既に偽金貨の生産が始まった後だった様です」

私はしばし瞑目《めいもく》すると、考えをまとめて指示を出す。

「処分しましょう。私が作った商会を悪用している者達には消えて貰《もら》うわ。ハルドリア王国の属国にダミー商会を作り、大口の取引を餌《えさ》にファンネル商会に接触《せっしょく》しましょう」

「畏まりました。直ぐに人員の選定を開始します」

ミレイの返しに頷くと、ルノアとミーシャを呼び、二人にも指示を出す。

「これからレブリック伯爵領《はくしゃくりょう》へ向かうわ。準備して頂戴」

◆

「くふふ……ようやく俺《おれ》にも運が回って来た」

ハルドリア王国の王都にあるファンネル商会の商館の商会長室で最高級のワインを飲むコルトは笑いが堪《こら》えられなかった。財務大臣を務めるコルトの父親の計画ではフリードを煽《あお》ってエリザベートを排除《はいじょ》した後、フリードの婚約者《こんやくしゃ》となったシルビアの後ろ盾《うしだて》の一人として名乗りを上げて権勢を握る予定だった。その為、親族をロックイートの分家と結ばせて縁戚《えんせき》となりロックイート男爵家《だんしゃくけ》をランプトン侯爵家の寄子として傘下《さんか》に加えた。しかし最近はどうにも分が悪い。フリードはやる事なすこと失敗し権力を失っていったのだ。

「父は迂遠《うえん》過ぎる。長年エリザベートに雌伏《しふく》していたが、俺ならもっと簡単に王国を掌握《しょうあく》出来ると言うのに」

数代を掛けて徐々《じょじょ》に王国の中枢《ちゅうすう》に食《く》い込み、当代でようやく権力の頂点に手が掛かったランプトン家だったが、そこには大きな壁《かべ》が立ちはだかった。それがエリザベートだ。どれだけ上に行けども権力を好きに使う事は許されない。エリザベートが許さなかった。故にコルトの父親はエリザベートの忠臣の振《ふ》りをして彼女《かのじょ》を失脚《しっきゃく》させた。そのやり口がコルトには実に鈍間《のろま》に見えていた。自らの父を小馬鹿《こばか》にしたコルトは今回のフリードから任された作戦に自信を持っていた。自分は父よりも上手くやれると疑う事はない。

「えらい自信だな。コルトの旦那《だんな》」

コルトの正面、向かいで瓶《びん》に直接口を付けて酒を飲むのは、大柄《おおがら》で暴力的な雰囲気《ふんいき》を隠《かく》そうともしない男だった。男の名はバアル。帝国金貨の偽造が形になった後、コルトが自分の身を守る為に側に置く様になった男だ。

付き合いのある裏社会の人間に紹介されたこの男は粗暴《そぼう》で品性に欠けるがとにかく強かった。借金を負わせて潰した子爵《ししゃく》家が雇《やと》った元Aランク冒険者《ぼうけんしゃ》の殺し屋を瞬殺《しゅんさつ》した程の腕《うで》前《まえ》だ。

「フリード殿下《でんか》に帝国金貨を偽造しろと言われた時にはどうなる事かと思ったが、追加で用意してくれた金でどうにか形になったな」

「でも旦那、あんなに金を掛けて偽金を作っても儲《もう》けなんて無いだろ？　なんだってそんな事をしたんだ？」

「フリード殿下は利益の為に帝国金貨を偽造させた訳じゃない。偽金を流通させて帝国金貨の信用を落とすのが目的なのさ」

「はぁ、信用ねぇ？」

バアルはよく分からないとばかりに首を傾《かし》げる。

「ふ〜ん。よく分からん」

「別にお前が理解する必要は無い。お前は黙って俺の身を守ってくれればそれで良い」

「まぁ、俺は政治がどうとか、経済が何とかってのはどうでも良い。金さえ払《はら》うなら誰《だれ》が来てもぶっ殺してやるよ」

◆

ルーカスは自分の執務室で首を捻っていた。

「おい、先月今月とハルドリア王国からの商人の流入がやけに多くないか？」

隣《となり》で作業していた文官がルーカスが差し出した資料を覗《のぞ》き込み妙な顔をする。

「………確かに多いですね。一日一日で見れば誤差の範囲ですが、トータルで見ると確かに異常に多いですね」

「何か原因があるのか？」

「どうでしょう？　ハルドリア王国との停戦が決まってから既に数年、経済活動が活発になるのはおかしな事では有りませんが……」

国同士はピリピリしていても、民間レベルでの交流はそれなりに進んでいる。特に商人の類は利益になるのなら、長年の争いの相手であろうと気にせず商売を行うものだ。それ自体は国にとって有益な事だが、この数字の変化は明らかに不自然、何処《どこ》か人為的《じんいてき》な感じがするのだ。何者かの意図によってハルドリア王国の商人が帝国に送り込まれている気がする。

「最近帝国に入った商人の目的を調べろ。それと背後関係も洗え」

「はい、直ぐに手配します」

執務室を出ていく文官の背を視界に収め、ルーカスは紅茶で舌を湿《しめ》らせる。

「杞憂《きゆう》であれば良いのだがな」

商人の目的はまだ分からない。もしかすると自分の考えすぎで、ただ帝国での商売に光明を見た商人が多かったのかも知れないが、それが分かるならそれでも良い。ルーカスは言い表せない不安を抱え、何処か落ち着かない気分で仕事を続けるのだった。

◇

手早く準備を整えた私達は馬車を駆《か》りレブリック伯爵領の領都へ向かって出発した。帝都に本店を移してからはレブリック伯爵領の店はルノアの父であるグランツに任せていたが、今回の件への対処の為に王国により近いレブリック伯爵領へ移動する事にしたのだ。ファンネル商会の事は商業ギルドには報告していない。商会に忍《しの》ばせている間者からの報告以外に証拠《しょうこ》も無いからだ。間者からの情報だけでは正式に告発する事は出来ない。たとえそれで調査が入る事になっても末端を切って終わりだ。それに私が苦労して育てた商会を食い物にしている愚《おろ》か者《もの》共は、私の手で叩《たた》き潰したい。その辺りの思惑《おもわく》も有り、私は商業ギルドとは別口で動く事に決めた。その内、商業ギルドの情報網《じょうほうもう》に引っかかるだろうが問題は無い。

帝都からレブリック伯爵領へ向かう道中、治安の良くない領地に差し掛かった頃、私達の馬車の前を塞《ふさ》ぐ様に街道《かいどう》に丸太が転がされていた。ミレイが馬車を停《と》めると、茂《しげ》みの中から薄汚《うすぎたな》い男達が馬車の退路を塞ぐ様に現れた。

「また野盗か」

「ママ」

「大丈夫よ」

不安げに身を寄せるアリスの頭を撫《な》でて安心するように一度抱《だ》きしめて御者台《ぎょしゃだい》から移ってきたミレイに預け私は剣《けん》を片手に外に出る。帝都に向かう時にも絡《から》まれた。この領地は些《いささ》か野盗が多すぎるのではないだろうか？　いくら領主の領内の管理が杜撰《ずさん》でも、冒険者は地域住民からの依頼や商人からの依頼で野盗を狩《か》る。こんなにも野盗が居付くなんて、裏で領主と繋がっていてもおかしくない。以前討伐《とうばつ》した野盗も質の良い武具を持っていたり金歯を入れていたりと羽振《はぶ》りが良い様だった。そしてこの目の前の連中も装備が良く荷運び用の馬も連れている。どう見ても食い詰めた農民ではないな。そんな事を考えながら戦い、三人目の野盗を斬り捨てる。視界の端《はし》ではミーシャが短剣《たんけん》を振るい野盗の首を掻《か》き切っていた。

「ま、まて！　待ってくれ！　降参だ！　降参する！」

残り四人になった野盗が武器を捨てて両手を上げていた。

「降参ねぇ……同じ事を言った商人に貴方達《あなたたち》がどうしたのか思い出してみたら？」

私がそう言うと、野盗達は顔を青ざめさせた。コイツらの遣《や》り口《くち》や動きから、コレが初めてと言うわけではない事は明白だ。ミーシャも涙《なみだ》を流しながら命乞《いのちご》いをする野盗達を冷めた目で見ている。初めての盗賊《とうぞく》戦では動揺《どうよう》していたが、一度経験をするとミーシャは容《よう》赦《しゃ》なく野盗を殺せる様になっていた。

差した。


「エリー様、いかが致しますか？」

いつもより低い声でミーシャが尋ねる。私は四人の内、そこそこガタイの良い野盗を指

「ミーシャ、コイツ以外は要《い》らないわ」

「はい」

「な⁉　がばっ！」

野盗の一人の喉《のど》にミーシャの短剣が突き立てられる。

「ひっ！」

背を向けて逃《に》げ出そうとした野盗の背中に投擲《とうてき》された短剣が突き刺さり、腰《こし》が抜《ぬ》けたのか、その場に崩《くず》れ落ちた野盗の首を素手《すで》でミーシャがゴキリと捻った。流石《さすが》は獣人《じゅうじん》族だ。まだ小さなミーシャだがその腕力《わんりょく》はスキルによる身体強化も加わってかなりの物だ。野盗の首は不自然な角度に向いており口からは泡《あわ》を吹《ふ》いている。

さて最後に一人、残しておいた野盗にはやって貰う事がある。

「ルノア」

「ひゃい！」

馬車に隠れていたルノアを呼ぶと恐《おそ》る恐る此方《こちら》へとやって来た。

「ルノア、帝都を出る前に話したわね。覚悟《かくご》は良い？」

「は、はい！　だ、大丈夫です！」

ルノアは将来、立派な商人になりたいらしい。その為に色々と勉強しているのだが、一人前の商人になる為には乗り越えなければならない事柄《ことがら》が幾つもある。今回、レブリック伯爵領への移動の際にその内の一つを済ませてしまおうと思ったのだ。別にそういったルールが有る訳では無いが、コレをクリア出来ないなら私はルノアを一人前の商人として認めるつもりは無い。ルノアが私達の所まで来ると、私は捨てられた武器を拾い野盗へ投《な》げ渡《わた》した。

「この子を倒《たお》せたら見逃《みのが》してあげるわ。この子が死ぬか、負けを認めるか、手足を斬るなりして戦闘《せんとう》の続行が不可能になればあなたの勝ち。何処へなりと消えると良いわ。それ以外、逃げ出そうとしたり戦わなかったりした場合は直《す》ぐに首を刎《は》ねるからそのつもりで」

「はぁ⁉」

驚く野盗を無視してルノアに向き直った私は肩《かた》に手を置き語りかける。

「貴女《あなた》の実力なら問題なく倒せる筈《はず》よ。躊躇《ちゅうちょ》せずに殺しなさい。一人前の商人になるなら自分の身を守れる事は必須《ひっす》だからね」

「はい！」

今までゴブリンや適度に弱らせたオークなどと戦わせた事はあったけど、人間の相手をさせるのは初めてだ。此処《ここ》で人を殺せない様では危険な行商の旅になど出す事は出来ない。
勿論、商人が全員戦える訳ではない。護衛を雇って自身は守られるだけという者も多い。しかし、どれ程腕《ほどうで》の良い護衛を揃《そろ》えようと最後に自分の身を守るのは自分自身だと私は考えている。もしルノアが殺せないならトレートル商会の鑑定士として安全な場所での仕事をさせる事になる。

ルノアが愛用の杖《つえ》を取り出して構えるのを見て、野盗も剣を構えた。ああは言ったが、勿論ルノアが殺されるのを黙《だま》って見届けるつもりなどさらさら無い。本当に危なくなったら直ぐさま野盗を殺すつもりだし、ユウの店で買った上等なポーションも用意している。コレはあくまでもルノアの為の実戦訓練だ。私が少し離れたのを見て、ルノアと野盗が戦い始める。

◆

野盗の男は考えていた。たまたま見つけた美味《おい》しい獲物《えもの》。女ばかりの一団に喜び勇んで襲《おそ》い掛かったら、恐ろしく強い銀髪《ぎんぱつ》の女と、侍女見習いらしき獣人族のガキに三十人も居た仲間が次々に殺されたのだ。女共は徹底《てってい》していた。背を見せて逃げ出そうとする奴《やつ》には馬車の御者《ぎょしゃ》をしていたメイド服の女が投擲したナイフが突き刺さり、逃げ出す事を許さなかった。結局、武器を捨てて投降したが、銀髪の女の指示で俺以外は奴隷《どれい》のガキに殺された。そして残った俺なのだが、何故《なぜ》か捨てた武器を手渡されガキと戦えと言われた。見たところ、人族で成人すらしていないだろう子供だ。杖を持っている事から魔法使《まほうつか》いなのだろう。口振《くちぶ》りから、このガキは女の弟子《でし》か何かで、俺と戦わせて実戦経験を積ませようとしているのだろう。女は口では殺しても良いとか言っているが、そんな事をすれば逆上して殺されるかも知れない。ならば俺が生き残るには、なるべくガキに手傷を負わせない様に勝つ事か。俺は剣を振りかぶって踏《ふ》み出した。

◇

野盗が剣を振りかぶってルノアに斬《き》りかかった。ルノアは緊張《きんちょう》している様だが、パニックになっている様子はない。ミレイは周囲を警戒しており、ミーシャは心配そうにルノアを見ている。私も取り敢《あ》えずは静観する。

「撃《う》ち抜け【風弾《エア・バレット》】」

ルノアは野盗の剣を避《よ》けると、詠唱を省略した短文詠唱で魔法を放つ。簡易的な詠唱によるイメージの為か、多少威力《いりょく》が落ちるがルノアの魔法は野盗の体に命中する。

「ぐぅ！」

威力が落ちているとは言え、【風弾】を受ければ思いっきり殴《なぐ》られたくらいの衝撃《しょうげき》を受ける筈だ。顔を歪《ゆが》める野盗だが、痛みを堪えて無理やり剣を振る。バックステップで野盗の剣を避けたルノアは続けて魔法を放つ。

「ぐぁ！」

続けて撃ち出された【風弾】の中に【風刃《エア・スラッシュ》】が交ぜられており、【風弾】なら我慢すれば耐《た》えられると思った野盗は腕《うで》を大きく切り裂《さ》かれてしまった。ルノアは出血で剣が下がった瞬間《しゅんかん》を見逃さず、距離《きょり》を詰めると風を纏《まと》った拳《こぶし》を野盗に叩き込む。【風掌《エア・ハンド》】と言う魔法だが、無詠唱で使った為、威力が極端《きょくたん》に落ちている。本来の威力なら野盗の身体はボロ雑巾《ぞうきん》の様になっていた筈だが、ルノアの【風掌】を受けた野盗は吹き飛ばされて背中から大木に叩きつけられただけだ。

「がぁぐぅう……」

野盗は打ちどころが悪かった様で、呻《うめ》くだけで動けずにいた。それを見たルノアはチラりとこちらに視線を遣る。しかし、私は何も反応をしなかった。それを見たルノアは改めて気合を入れ直し、警戒しながら野盗へと近づく。

「はぁ、はぁ、ま、待って……待ってくれ！」

野盗はルノアから逃げる様に後退《あとずさ》りしながら命乞いを始めた。折れたのか、片足が不自然な方に曲がり立ち上がる事は出来ていない。

「もう二度とこんな事はしない！　衛兵に出頭する！　だから、だから命だけは助けてくれ！」

「…………」

「頼《たの》む！　嬢《じょう》ちゃん！　お嬢さん！　死にたくない、死にたくない！」

「…………荒野《こうや》を走る疾風《しっぷう》　荒《あら》ぶる風を束ねて剣を打つ【風刃】！」

丁寧《ていねい》に詠唱された【風刃】は野盗の肩から脇腹《わきばら》を両断した。

「げふ……た、た、すけ……」

野盗がルノアに向かって手を伸ばすが、その手は直ぐに地に落ちた。

「はぁ、はぁ、はぁ……」

その光景を息も荒く見ていたルノアに近づいた私はゆっくりと頭を撫でる。

「よくやったわ、ルノア」

「エ、エリー会長……」

「貴女のおかげでこの街道も少し綺麗《きれい》になった。野盗なんかはゴミと同じよ。魔物《まもの》でない分、ゴブリンよりもタチが悪い。貴女は正しい事をしたわ」

「は、はい」

「今日は御者の練習は良いから休みなさい」

私はミーシャを付き添《そ》わせてルノアを馬車で休ませ、自分はアリスを膝《ひざ》に乗せて御者台のミレイの横に座った。

「やはりルノアにはまだ早かったのではありませんか？」

「いつかはやらなければいけない事よ。しばらくはショックで落ちこむでしょうけど、自分の中で折り合いをつけられれば大丈夫《だいじょうぶ》よ。でも旅の間は気に掛けてあげて頂戴」

「はい」

一段、壁を乗り越《こ》えたルノアと共に街道を行く私達《たち》は、通常よりも時間を掛けてレブリック伯爵領へと到着《とうちゃく》した。

レブリック伯爵領のトレートル商会の拠点へ戻って来た私は、出迎《でむか》えてくれた商会員達を労《ねぎら》い執務室《しつむしつ》の椅子《いす》に腰を落ち着けていた。

「お疲《つか》れ様《さま》です、エリー会長」

「久しぶりね、グランツ。ルノアの様子はどう？」

「妻と少し話していましたが、落ち着いています」

「そう、しっかりと気に掛けていて頂戴《ちょうだい》ね」

「勿論です」

ルノアは初めて野盗を殺してから、領都に着くまでの間に落ち着いた様だった。領都に着いてからはグランツ達、親元に帰したが、問題なく乗り越えられている様だ。アリスをミーシャに任せた私は、レブリック伯爵領の商会の幹部達を集めた。

「頼んでいた件はどうなっているの？」

「はい、スティア」

「此方が頼まれていた資料です。既《すで》に商会を置く国は選定してあります」

「ご苦労様」

「午後にはルーカス伯爵様との会食をセッティングしてあります」

「分かったわ。それまでにこの資料には目を通しておくわ」

陽が傾《かたむ》き始めた頃《ころ》、派手すぎないドレスに着替《きが》えた私はミーシャが御者をする馬車でミレイと共にレブリック伯爵邸《はくしゃくてい》へ向かった。アリスは旅の疲れが出たのか早々に眠《ねむ》ってしまったので、今日はルノアと共にカールトン家でお世話になっている。レブリック伯爵邸に到着すると、使用人に迎えられルーカスが待つ応接室へと案内された。

「久しぶりだな、エリー会長」

「お久しぶりですわ、ルーカス様」

私達はお互《たが》いに和《なご》やかに挨拶《あいさつ》を交《か》わし、簡単に近況《きんきょう》を話した後、食事の用意が出来たとの事で場所を移した。会食で卓《たく》を囲むのは私とルーカスの二人だけだ。ミレイやミーシャは別室で食事を出して貰っているだろう。

「しかし、君も変わったな」

「あら、どういう事かしら？」

「王国を抜けたばかりの君はもっと気を張り詰《つ》めていただろう？」

「………そうかも知れませんわね」

確かに最近は以前ほどピリピリとはしていない。勿論、王国への復讐心《ふくしゅうしん》を忘れた訳では無いし、奴らから受けた仕打ちや亡命後の対応を思うと腸《はらわた》が煮《に》え返って来る思いだが、それとは別に今の生活を楽しんでもいる。ルノアやミーシャ、そしてアリスに出会い楽しく過ごす事も増えている。

「その上、アリスだったか？　突然《とつぜん》養子を取るのだから驚《おどろ》いた」

「偶々縁《たまたまえん》がありまして。ですが私の目的は変わりませんわ」

「わかっているよ。既に派手にやった後だしな」

「ロベルトの件ですか？」

「ああ、王国は未《いま》だに対応に苦慮《くりよ》している様だ。まぁ、アレは半分以上は向こうの自業自得と言えなくも無いがな」

「そうですわね。あの紛争《ふんそう》で私も派手に動いたのに未だに王国は接触して来ませんし」

「そこまで手を回す余裕《よゆう》が無いのだろうか？　だが、流石にそろそろ見つかっても不思議では無いな」

「ええ、王国からの追手を躱《かわ》す用意はそれなりにしているのですけどね」

所々に物騒《ぶっそう》な話題を挟《はさ》みつつデザートも食べ終えて、食後の珈琲《コーヒー》を貰い一息ついた所で私は切り込む事にした。

「さて、今日の本題なのですが…………ハルドリア王国が帝国金貨を偽造して経済闘争《とうそう》を仕掛《しか》けて来ていますわ」

「なに⁉」

「ハルドリア王国……正確にはあのフリード王太子が糸を引いている様ですが、既に帝国内にいくらか入り込んでいます」

「……不味《まず》いな」

「ええ、既に商業ギルドには偽金《にせがね》が見つかった事は報告してありますわ」

「そうか……確かにここ最近、王国からの商人の流入が不自然に増えていたな」

「その中の何割かはフリードの息の掛《か》かった商人でしょうね」

面倒《めんどう》な事になったと、ルーカスは額を押《お》さえるのだった。

「それで、君は何を企《たくら》んでいるんだ？」

ルーカスが呆《あき》れ顔で尋ねる。

「この偽金を作っている奴らを潰《つぶ》しますわ」

「フリード王太子の息の掛かった連中を潰したいと言うことか」

「それも有りますが…………偽金を作っている実行犯はファンネル商会。王国に残して来た私の商会なのです」

「頭をすげ替《か》えてフリード王太子に乗っ取られた例の商会か」

「はい、私が残して来た商会ですし、この機会に片付けておこうかと」

「なるほど、ではなぜ俺の所に？」

「協力して欲《ほ》しい事があるのです」

私はコーヒーカップを置き、現在進行中の計画をルーカスに説明する。

「……本当にそんな事が可能なのか？」

「フリードは現在王宮内での信用を失い、実権はロゼリア・ファドガルに奪われています。それを挽回《ばんかい》しようと躍起《やっき》になっているそうですよ。間違《まちが》いなく食い付きますわ」

「…………」

「この計画が成功すればルーカス様の功績も大きな物になりますわよ」

「……わかった。初めからそういう話だったしな」

「ええ、私を助けてくれたルーカス様には約束通り利益を差し上げますわ」

「その利益を得るためには俺も危ない橋を渡る必要が有るのだろう？」

「それこそ、今更《いまさら》ですわ」

「確かにそうだ」

私はルーカスと微笑《ほほえ》み合うと、どちらからともなく握手《あくしゅ》を交わすのだった。

◆

「ふん」

フリードは自室でコルトからの報告を聞き、込み上げる笑いを抑《おさ》えていた。

「良くやった、コルト」

「はっ！　有り難《がた》きお言葉です、フリード殿下」

コルトが持って来た報告書には帝国《ていこく》内にばら撒《ま》いた偽金の金額やそれによる利益などが事細かく記載《きさい》されている。設備投資の為《ため》に注ぎ込んだ金額には到底《とうてい》届いてはいないが、後半年も続ければ帝国経済に深刻なダメージを与《あた》えられるだろう。

「これで帝国を追い落とせる。その功績を手に父王を排《はい》せば俺がこの国の王だ」

「はい、フリード様の能力を理解せずに押さえつけようとするとは……ブラート陛下は御《ご》年齢《ねんれい》の事もあり少々弱腰《よわごし》になっておられるのでしょう。ならば、フリード様が新たな国王陛下として即位《そくい》され、ブラート陛下にご安心頂くのが親孝行と言う物ですね」

「はっはっはっ！　その通りだ。その時はお前も父に代わり財務大臣として俺に仕えろよ」

「わ、私が財務大臣ですか⁉」

驚きの声を上げながらもコルトは内心では父よりも優秀《ゆうしゅう》である自分は評価されて当然だろうと考えていた。

「ああ、俺は王になったら上層部を一新するつもりだ。今の官僚《かんりょう》はカビの生えたロートルばかりだからな。特に財務系の官僚連中は何かにつけてエリザベートの政策を持ち出して俺の邪魔《じゃま》ばかりしている。あんな女の政策など、俺の国には必要ない。そうなればロゼリアのヤツもお払い箱さ。これからの時代は俺やお前の様な若い世代が国を盛り立てて行くべきなんだ」

「流石フリード様！　やはりこの国の未来を担《にな》うのはフリード様以外に考えられません！」

「はっはっは、世辞はよせ」

そう言いながらも明らかに持ち上げられて気を良くするフリードにコルトは自身の栄達を確信する。

「とは言っても先を見る目のない父王により、俺は謹慎《きんしん》中の身だ。しばらくは表立っては動けんな」

「資金などは大丈夫でしょうか？　今のフリード殿下は国庫のお金を動かせないのですよね？」

「それは心配するな。当てがある」

「当て？」

「イブリス教の大司教と少しな。俺の個人的なツテの様な物だ」

「そうでしたか」

「ああ、金の心配はない。今は計画を練る事に集中するべきだな」

「はい、あ！　しかし、来月にはパーティも有りますので、そちらにも注力しなければいけませんね」

実権を取り上げられているフリードだが、王太子として王国主催《しゆさい》のパーティなどには出席する必要が有る。その為の用意もしなければならない。

「全く、忙《いそが》しくて堪《たま》らないよ」


今日のパーティは王国主催の記念パーティだ。帝国と王国が停戦し、二十年の不可侵《ふかしん》条約が締結《ていけつ》された事を記念して毎年開かれており、帝国でも今頃《いまごろ》は同じようなパーティに王国の貴族が国王の名代として参加している筈だ。ブラートの王国と帝国の繁栄《はんえい》を願うと言う耳あたりの良い挨拶を聞き流したフリードは、婚約者であるシルビアと共に愛想《あいそ》笑《わら》いを浮《う》かべて参加していた。

「おや、フリード王太子殿下」

一通りの挨拶を済ませたフリードに一人の貴族が声を掛けた。帝国大使として皇帝《こうてい》の名代を務めるフリードよりも少し年上の帝国貴族だ。腐《くさ》っても英才教育を受けた王族である。フリードは一瞬《いっしゅん》、顔に浮かんだ嫌悪《けんお》の色をすぐに取り繕《つくろ》うと、笑《え》みを浮かべて帝国貴族に向き直った。

「久しぶりだな、子爵。いや、伯爵になったのだったか。遅《おそ》くなったが祝わせて貰おう。陞爵《しょうしゃく》おめでとう、レブリック伯爵」

「ありがとうございます、フリード王太子殿下。ところで殿下、実は折り入ってご相談したい事が有るのです」

「相談？」

「はい、我《わ》が帝国と貴国の未来の為に」

シルビアをパーティ会場に残したフリードとルーカスは場所を会談用の小部屋に移し向かい合って座《すわ》っていた。

「それで、一体何の話だ？」

「はい、帝国と貴国の停戦が決まって数年、両国の関係を次の段階に推《お》し進《すす》めるべき時だと思うのです」

「ふむ」

「つきましては麦や芋《いも》をはじめ、現在交易に制限が掛かっている物品の制限緩和《かんわ》、規制品の一部解放、両国間の関税の引き下げなどの条約を結びたいと思うのです」

「通商条約を結びたい、と？」

「正確には現在の条約の見直しですね」

ルーカスは笑《え》みを浮かべて紙束を取り出した。

「こちらが帝国が希望する改定案です」

フリードが受け取り目を通すとこれまでの交易をそのまま拡大した様な改定案が記されていた。

特におかしな所はない。むしろ若干《じゃっかん》王国に有利な条件だった。帝国との交易が拡大すれば偽金の流通を更《さら》に加速する事が出来る。だが……フリードは探《さぐ》る様に切り出す。

「確かに悪くない話だ。しかし、この案をそのまま呑むと言うのはできん」

「と言いますと？」

「そうだな……この関税の引き下げだが、もう少し便宜《べんぎ》を図って貰いたい」

「関税ですか……しかし、十分王国に配慮《はいりょ》した条件だと思うのですが……」

「勿論《もちろん》、無条件でこちらに有利な条件を通そうとは思わん。何か希望が有れば考慮《こうりょ》しよう」

「う〜む、では通商に関する細かな条約を整えるのと、関税の優遇《ゆうぐう》に期限を付けると言う事で如何《いかが》でしょうか？」

「期限だと？」

「はい、そうですね……向こう十年、関税に関して王国を優遇すると言うのは如何ですか？」

「十年か……関税に関する細かな条約とはどういう事だ？」

「こちらは大した物ではありませんが、バランスを調整し、現在の条約の抜《ぬ》け穴《あな》を塞ぐ様な物です。どれも他国間で結ばれている様なありきたりな条約ですね」

ルーカスはそれらが書かれた書類を取り出して手《て》渡《わた》して来た。準備の良い奴だ、と訝《いぶか》しく思いながらもフリードは書類に目を通しながら考察する。その結果、ルーカスは初めからこの条約も結ばせるつもりだったと結論づける。多少王国が有利でも十年後にはほぼ対等な条件になるなら、ここで通商条約を結ぶ事でルーカスは功績を挙げる事が出来る。若くして爵位《しゃくい》が上がったばかりのルーカスは功績を求めているのだろうと予想した。しかし、偽金《にせがね》によって十年後の帝国の経済は壊滅的《かいめつてき》な打撃《だげき》を受ける筈だ。フリードは口の端が上がりそうになるのを堪えながら書類をルーカスに返した。

「うむ、良いだろう」

「ありがとうございます、殿下！」

喜色満面、ルーカスはフリードの手を両手で包み込《こ》む様に握《にぎ》った。笑顔で握手を返しながらフリードは帝国金貨の信用が暴落し、ルーカスが吠《ほ》え面《づら》をかくのが楽しみだと内心では見下していた。

パーティの用意の為に向かったフリードと別れたコルトは実家であるランプトン侯爵邸《こうしやくてい》へと戻《もど》って来ていた。何時《いつ》もの様に自室で酒でも飲もうと思っていたコルトだが、屋敷《やしき》に入ったところで執事《しつじ》に呼び止められた。

「コルトぼっちゃま。旦那様《だんなさま》が執務室でお待ちです」

「父上が？　わかった。直ぐに行く」

執務室の扉《とびら》をノックしたコルトは入室を許可する声を聞いてからドアノブへと手を掛けた。

「父上、お呼びと聞きましたが？」

財務大臣を務める父、コーダック・ランプトンは顔を出した息子《むすこ》をソファに座らせると、自分もその向かい側へと腰を下ろした。

「お前は最近、殿下から任された商会で色々とやっているらしいな」

「……はい。ファンネル商会は王国でも有数の商会ですから」

コルトは一瞬言葉に詰まった。偽金の事がばれたのかと思ったからだ。コーダックの表情は読めない。しかし、コーダックはコルトにその事を詰めることはなかった。

「まあ良い。我がランプトン家が王国を裏から牛耳《ぎゅうじ》ると言う一族の悲願。あの忌《い》まわしい小娘《こむすめ》を排除した今、国を掌握するのは時間の問題だ。くれぐれも余計な真似《まね》をして足を掬《すく》われるなよ。身の回りには十分に用心しておけ」

「ご心配には及《およ》びません。最近良い護衛を雇いましたから」

「あの下賤《げせん》な男か」

「はい。粗野《そや》で無礼な守銭奴《しゅせんど》ですが、バアルは強い。その上、裏社会に通じておりますので情報収集や操作もできるツテが有り有用です。外に出る時には常に護衛させております」

「そうか。わかった。もう行って良い」

「はい。失礼致《いた》します」

「コルト」

立ち上がり父に背を向けたコルトをコーダックは呼び止めた。

「フリード殿下は愚かだ。利用するだけなら良いが信用も信頼もするな」

「心得ております」

コーダックに一礼したコルトは内心では自らの父もその愚か者の一人だろうと小馬鹿にしながら澄《す》まし顔でその場を離《はな》れた。

父から妙《みょう》な忠告を受けたコルトは数日後、ファンネル商会の応接室で客を迎《むか》えていた。

「良く来たな、掛けてくれ」

「はい、失礼致します」

コルトが迎えたのは三十歳程《ほど》の男だ。特にこれと言って特徴《とくちょう》の無い風貌《ふうぼう》である。属国の一つに拠点《きょてん》を置く中小商会の番頭と名乗る男だ。

「改めまして、私はエリザベス商会のマーベリックと申します」

「ファンネル商会のコルトだ」

挨拶がわりの握手を交わした二人は早速《さっそく》商談に入る。

「当方はハルドリア王国の庇護《ひご》を受けるメリーナ王国の首都に店を構えているのですが、この度はハルドリア王国へ支店を出す計画が持ち上がりまして、私がその責任者を任された次第《しだい》です。そして大口の取引先としてコルト様のファンネル商会にお付き合いをお願いしたいのです」

「なるほど、何故うちなんだ?」

「王都を代表するほど大きな商会である、と言うことは当然なのですが、最近ファンネル商会は帝国との交易にも力を入れていらっしゃるとか」

「…………耳が良いな」

「はい、私共の様な小身の商会が生き残るには耳を澄ませ、強者の慈悲《じひ》にすがるしか有りませんから」

「それで、確かにうちは最近帝国との交易に力を入れているが？」

「はい、私共もいずれは帝国との取引を、と考えておりまして」

「その為のパイプ作りも兼《か》ねていると言うことか」

「おっしゃる通りです」

帝国金貨を偽造《ぎぞう》し、それを使って大きな取引を行っていたファンネル商会には、最近、こう言った取引の誘《さそ》いも多く来ていた。

「ふむ……分かった。数日待て、役員との協議の後、返事をする」

「かしこまりました。どうぞ宜《よろ》しくお願い致します」

マーベリックはペコペコと頭を下げて退室して行った。それを見送ったコルトは暇《ひま》そうに部屋の端のソファで酒を呷《あお》る粗暴《そぼう》な雰囲気《ふんいき》の男に声を掛ける。

「バアル」

「なんでぇ旦那《だんな》」

「今の男、どう思う？」

「まぁ、怪《あや》しいよな。どうにもやり手の商人って感じじゃないぜ。俺《おれ》が軽く殺気を漏《も》らしたら僅《わず》かに反応していたし、ありゃあ裏家業の人間だ」

「バアル、あのマーベリックと言う男とエリザベス商会とやらの背後を洗えるか？」

「出来なくはないが護衛料とは別料金だぜ？」

「構わん」

「わかった……ああ、報酬《ほうしゅう》の金貨は本物でな」

バアルは、高笑いしながら去っていくのだった。


コルトとバアルがマーベリックと会っている頃、フリードは父である国王ブラートに呼び出されていた。

「フリード！　どういうつもりだ！」

ハルドリア王国の王城、その主人であるブラートの怒声《どせい》が執務室に響《ひび》き渡る。机を挟んで不貞腐《ふてくさ》れた顔で向かい合うフリードは肩を竦《すく》めて返す。

「一体何を怒《おこ》っているのですか、父上」

「貴様の勝手な振《ふ》る舞《ま》いにだ！　お前には何かをする時はロゼリアの意見を聞く様に言いつけた筈だ！　それが何故、勝手に条約などを結んで来る！」

「仕方ないではありませんか。王太子である私が王国主催のパーティに出席しない訳には行きません。その場で帝国大使殿《どの》に声を掛けられたのに、補佐官《ほさかん》の意見を聞かないとお話できませんなどと断れないではありませんか」

「それは……」

「それに私は我が国の利益の為に条約を結んだのです」

「むぅ」

ブラートがチラリと宰相《さいしょう》であるジークの方を見る。ジークはフリードが結んで来た帝国との新たな通商条約の詳細《しょうさい》に目を通していた。

「陛下、フリード殿下《でんか》が結んで来た条約には特に問題は無いと思われます。大筋は既存《きそん》の条約の改定、そしてそれに伴《ともな》う調整と両国間の法的な整備。どちらもおかしな点は有りません。他国間でも普通《ふつう》に結ばれている物とほぼ同じ物です。むしろ関税に関する条件は我が国にかなり有利な物です」

「…………わかった、今回は不問とする。下がって良いぞ、ご苦労だった」

「はい、失礼いたします、父上」

勝ち誇《ほこ》った様な笑みを残し、執務室を出ていくフリードを見送ったブラートはジークに問いかける。

「本当に問題ないのか？」

「はい、寧《むし》ろお手柄《てがら》と言っても良いほどの成果です」

「どうなっている？　俺はてっきり帝国大使の口車に乗せられて不利な条件で条約を結ば

されて来たと思ったぞ？」

「そうですね……フリード殿下の話によると、初め帝国大使が用意して来た案も既に王国に若干有利な条件が提示されていたそうです。その上、フリード殿下が条件を加えると、期限付きではありますがそれを呑んだ、と」

ジークは顎《あご》に手を当てて思考を巡《めぐ》らせる。

「多少不利でも条約を結びたかったと言うことか？」

「そうですね。帝国大使のレブリック伯爵《はくしゃく》は陞爵したばかり、此処で小さくてもしっかりとした手柄を挙げて地位を盤石《ばんじゃく》な物にしたかったのではないでしょうか？」

「思い当たるのはそんな所か」

ブラートとジークはフリードが結んできた条約に落とし穴がないか何度も読んで確認《かくにん》するのだった。

◇

開け放たれた窓から長い尾《お》を持つ小鳥が部屋に飛び込んで来た。私が召喚《しょうかん》したセイントバードだ。脚《あし》に括《くく》り付けられた手紙をミレイが取り外し中を検《あらた》める。

「エリー様、例の件に関する報告です」

「そう、貴方達《あなたたち》は外して頂戴」

「はい」

「失礼します」

私は部屋で仕事をしていた商会員を下がらせると、ミーシャに目配せする。私の視線を受けたミーシャは、扉の前に移動すると聞き耳を立てる者が居ないか警戒《けいかい》する。鋭敏《えいびん》な聴覚を持つ獣人族《じゆうじん》であるミーシャに気取られずに盗《ぬす》み聞きをする事はまず不可能だろう。開かれていた窓もルノアによって閉められ、カーテンも引かれる。現在、執務室に居るのは私とミレイ、ルノアとミーシャ、アリスの五人だ。例の偽金への対抗《たいこう》作戦を知っているのは一部の人間だけであり、この場に居る例外は隅《すみ》に用意した小さな机で大人しく絵本を読んでいるアリスだけだ。気配を探り、周囲に人がいない事を確認したミーシャが頷《うなず》くと、ミレイが報告を読み上げる。

「エリザベス商会のマーベリックからの報告です。ファンネル商会の現代表、コルト・ランプトンとの接触《せつしよく》に成功したそうです」

「契約《けいやく》は結べそうなの？」

「いえ、まだ一度面会しただけのようですね。エリザベス商会の用向きを説明し、これから交渉《こうしょう》に入るそうです」

「わかったわ。マーベリックには多めにお金を撒いても良いから取引をねじ込む様に伝えて」

「畏《かしこ》まりました」

私はミレイからマーベリックの手紙を受け取ると火を付けて跡形《あとかた》もなく燃やして捨てる。

「ルーカス様からの連絡《れんらく》は？」

「まだですがタイミング的には今日中に届くかと」

と、話している内に、窓をコツコツと叩《たた》く音が聞こえ、ルノアが窓を開くとルーカスに預けていたセイントバードが戻って来た所だった。

「噂《うわさ》をすれば、ですね。ルーカス様からです」

セイントバードの運んできた手紙に目を通したミレイは一つ頷いた。

「成功です。あの契約を仕込《しこ》んだ条約を結ぶ事ができたそうです」

「第一段階はクリアね」

「はい。今の所はこちらの思惑《おもわく》通りにすすんでいます。向こうに情報に長《た》けた者でも居ない限りこの仕掛けに気付かれる事はないでしょう」

◆

「面白《おもしろ》い仕掛けを見つけたぜ」

バアルはノックもなくコルトの執務室に入ると、棚《たな》に並べられたコルトの酒を一瓶《びん》手に取り応接ソファにドカリと腰《こし》を下ろしてそう言った。

「エリザベス商会のマーベリックの事か？」

「ああ。やっぱり妙な商会だ。つい最近になってメリーナ王国の王都の一等地に商館を建てて大々的に商売を始めたらしい。おかしいのはそれまで何処《どこ》かで活動していた形跡《けいせき》が一《いっ》切《さい》無い事だ。ポッと現れた癖《くせ》に資金力に物を言わせて大きく商売をしている。バックに何か力のある奴が付いているのかも知れねぇな。扱《あつか》っているのは主に化粧品《けしょうひん》や香水《こうすい》なんかの美容品だ。商会長のエリザベスとか言う奴の姿は誰《だれ》も見た事がないらしい。あのマーベリックって男もそうだ。今回、ファンネル商会と取引するって言う件で急に現れて責任者になったそうだ」

「怪しいな」

「そうだろう。経歴も洗ったが綺麗な物だ。まるで作り物の様にな。どう考えても旦那を嵌《は》めたいヤツの仕掛けだな」

「やはり取引の件は断るか」

コルトがそう考えていると、ドアの外から秘書が声を掛けて来た。

「コルト様。ビオート商会のベリット様がお見えです」

今日、面会の約束をしていた商人が到着したらしい。

「応接室で待たせておけ」

扉越《とびらご》しに言い付けると、コルトは再びバアルに顔を向ける。

「バアル。ビオート商会のベリットとはどんなヤツだ？」

あのエリザベス商会の件が有ってからは初めて面会する人間の素性《すじょう》を調べさせる事にしていたのだ。バアルは酒瓶《さかびん》を口から離してコルトの問いに答える。

「あ〜、ビオート商会のベリットか。エリザベス商会と同じメリーナ王国の王都に商館を置く商会だ。こっちはエリザベス商会とは違《ちが》って王都で何年も店を出している老舗《しにせ》だな。ベリットってのも三代目である現商会長の息子で、次期商会長だ。最近、業績が下がっているみてぇだが、特に怪しい所はないな」

バアルから調査の結果を聞いたコルトは頷くと待たせている商人に会う為席を立った。

「お初にお目にかかります。ビオート商会のベリットと申します」

「ファンネル商会のコルトだ。済まないが予定が詰まっていてね。手早く用件を話してくれ」

「はい、用件と言うのは勿論取引の申し込みなのですが…………」

歯切れの悪いベリットの言葉に眉根《まゆね》を寄せたコルトは先を促《うなが》した。

「どうした、さっさと話せ」

「はい、実は先日、こちらの商会にエリザベス商会から取引の打診《だしん》があったとお聞きしまして」

「…………それが何か関係が？」

怪しいエリザベス商会の名前が出た事でコルトの警戒心《けいかいしん》が一段上がる。

「はい、コレは我々が独自に調べた情報なのですが、エリザベス商会はファンネル商会様を潰す為に作られたダミー商会らしいのです」

「…………」

「そこで、どうでしょうか？　我々と組んで逆にエリザベス商会を潰すと言うのは？」

「詳《くわ》しく話せ」

「はい、そもそも我々は迷惑《めいわく》しているのです。ポッと出のエリザベス商会がお金をばら撒く様に我が物顔《がお》で商売をして市場を荒《あ》らしている現状は我が商会にとっても非常に業腹《ごうはら》なのです。しかし、相手は何者かの支援《しえん》を受けているのか、資金が枯渇《こかつ》する様子を全く見せない。そこで、奴《やつ》らの標的らしいファンネル商会様と組んで、逆に奴らの資金を吸い上げてやろうと考えた次第です」

「ほぅ」

なるほど、エリザベス商会の奴らは派手にやり過ぎて地元の商会の恨《うら》みを買ったって事か。バアルの話によればあのマーベリックと言う奴も裏の工作員としては優秀らしいが、商人としては二流以下ってことだ。

「詳しい計画は有るのか？」

「はい、勿論です。先《ま》ずは表向きエリザベス商会と取引して頂いて……」

その後、ベリットが話す計画を聞いたコルトは彼《かれ》と手を組む事を決める。エリザベス商会の資金を吸い上げれば、今の傾き掛けたファンネル商会を立て直す事が出来るかも知れないからだ。

◇

「エリー様、ファンネル商会との取引が成立致しました」

一日の仕事が終わり、自室でミレイと珈琲を飲んでいた時、窓から手紙を携《たずさ》えたセイントバードが飛来した。手紙はマーベリックからで、予定通りファンネル商会との取引が成立したという内容だった。

「計画も大詰《おおづ》めね」

「はい、マーベリックには予定通りしばらくはファンネル商会を儲《もう》けさせるよう伝えておきます」

「お願いね。それと、計画に関《かか》わっている他の人員にも連絡を入れておいて。決行は二ヶ月後、私も直接乗り込むわ。王城の方の動きは？」

「特に有りません。最近、ようやく王宮には下男下女などの下級使用人に我々の息が掛かった人間を送り込めましたから、多少、情報の精度は上がっているものの、政治的な中核《ちゅうかく》には入り込めていないので確実にとは言えませんが」

「十分よ。コルトの父親は裏切り者のランプトン財務大臣。帝国との関税や大きな商会の取引の記録なんかは報告される筈《はず》だから、不自然に増えた取引や帝国の商業ギルドの動きから帝国金貨の偽造と、それにコルトが関わっている事くらいは気づいているでしょうけれど……」

「情報は握り潰しているのですね」

「ええ。予防策くらいは講じているでしょうけれど関係ないわ。この策が成功すればあの狸《たぬき》を追い込む事ができる」

◆

「くっくっく……あれから二ヶ月、あのエリザベス商会とやらには随分《ずいぶん》と稼《かせ》がせて貰《もら》ったな」

「何だよ旦那。気持ち悪い笑い方しやがって」

「ふん！　あのマーベリックとか言う間抜《まぬ》けの事さ。俺達《おれたち》を嵌めるつもりらしく、信用を得たいのかこちらに有利な取引ばかりだ。向こうに渡《わた》す金貨は全《すべ》て偽金貨《にせきんか》、それをメリーナ王国でベリットが手を回した鑑定士《かんていし》が本物であると鑑定《かんてい》した事でマーベリックの奴は疑いもせずに受け取っている」

　その利益によりファンネル商会はかつてない程《ほど》に潤《うるお》っていた。一時はかなり危険だった経営も持ち直している。

「エリザベス商会がハルドリア王国で活動する為の拠点を探していると言うのでランプトン侯爵《こうしやく》領の土地を紹介《しようかい》してやった。勿論かなり吹《ふ》っ掛けたし、自領に引き込んだのは監視《かんし》しやすくする為なのだがな。マーベリックのヤツは俺に信用されたとでも思ったのか嬉《うれ》しそうに大金を支払《しはら》ってくれたよ。それに加えてこれだ」

コルトはマーベリックから送られて来た手紙を机の上に投げ捨てた。

「更に大きな取引をしたいので、その取引の為に領に来て欲しいそうだ。奴の話によればこの取引は今までの取引とは段違《だんちが》いに大きな物だと言う。あからさまに怪しいだろ?」

バアルは獰猛《どうもう》な笑みを浮かべる。

「面白いじゃねぇか。俺の方にも情報は入っているぜ。エリザベス商会の裏に居るのは帝国のトレートル商会だそうだ。商会長はエリー・レイス。最近、帝国の特別認可《にんか》商人になった若い女だ。かなりの武闘派《ぶとうは》で、この前の紛争では自分の商売を守る為に自ら私兵を率いて戦場にでたらしい」

「ほう。容姿は?」

「そこはわからねぇな。かなり巧妙《こうみよう》に情報が隠蔽《いんぺい》されていた。これは帝国に居るダチから買った情報だが、どうやらエリー・レイスは向こうの裏社会を牛耳っている《頭目》ダルク・ホーキンスの組織にツテがあるみたいだな。ダチもこれ以上は話せないと言っていたからな」

「帝国の商人が仕掛《しか》けて来たって事は目的は偽金製造ルートの乗っ取りの線は薄《うす》いな。自国の金貨の偽造《ぎぞう》なんかリスクが高過ぎる。目的は偽金をネタに俺のファンネル商会を乗っ取るってところだろう」

「どうするんだ?」

「勿論、乗り込むさ」

コルトはニヤリと口角を上げる。そんなコルトにバアルはニヤニヤしながら問う。

「良いのか? 明らかに罠《わな》だぞ」

「何のためにお前が居るんだ。ちょっと成功して調子に乗っただけの小娘に尻尾《しっぽ》を巻くつもりか?」

「おいおい、誰に物言ってんだ。相手が誰だろうと殺してやるよ。金さえ払《はら》うならな」

「こちらも兵隊を集めるが……まぁ、お前が居れば問題ないだろ」


数日後、コルトはバアルを連れて、ランプトン侯爵領に有るエリザベス商会を訪《おとず》れていた。その後、案内されたのは街から少し離れたエリザベス商会所有の倉庫の様な建物。周囲にはエリザベス商会の建物と森しか無く、一般人《いっぱんじん》が近付けない様な場所だった。簡易的な応接室の様な場所で待たされているコルトとバアルは小馬鹿《こばか》にした様に意見を交《か》わす。

「ふん、馬鹿なのか? こんな所に呼び出したら今から襲《おそ》います、と言っている様なものだろ？」

「わかりやすくて良いじゃねぇか」

「それもそうだな」

「人目も無いので多少派手に暴れても問題ないってか？」

「それは此方《こちら》も同じだろ」

コルトとバアルの軽口を遮《さえぎ》ったのはノックの音だ。コルトが入室を許可するとエリザベス商会のマーベリックが作り物のような笑みを浮かべて部屋へと足を踏《ふ》み入れる。

「これはこれはコルト様。お待たせして誠《まこと》に申し訳ありません」

揉《も》み手《で》で頭を下げるマーベリックにコルトは鷹揚《おうよう》に頷いてみせた。

「いや、問題ない」

「それでは早速商談なのですが……」

「その前に」

「はい？」

「一人紹介したい者がいる」

「紹介……ですか？」

「連れてこい」

コルトが命令すると、一人の男が入室して来た。

「貴方《あなた》は！」

「お久しぶりですな、マーベリック殿」

「べ、ベリット殿がなぜ此処《ここ》に？」

今更警戒《いまさらけいかい》を露《あらわ》にするマーベリックの滑稽《こっけい》さに、コルトはまるで喜劇でも見ているのかのように笑いが込み上げるのを抑《おさ》える事が出来なかった。

「何、ベリット殿が教えてくれたのだよ。君が俺達ファンネル商会を嵌めようと画策していると な」

「な、な、何を……何を言っているのですか⁉　そ、そんな事は……」

「おかしいですな、マーベリック殿。私が連れて来た者達が、この建物の様子を窺《うかが》っていた武装した者達を数名捕《と》らえたのですが？」

「な、い、いや、それはおそらく私共を狙《ねら》う賊《ぞく》でしょう」

「どうだかな」

傷ついた獲物《えもの》を痛ぶるかの如く言葉を紡《つむ》ぐコルトは、脂汗《あぶらあせ》を浮かべるマーベリックに嗜《し》虐《ぎゃく》的な視線を向ける。その視線から逃《のが》れるように顔を背《そむ》けたマーベリックは動揺《どうよう》を押《お》し殺して話を続けた。

「と、兎《と》に角《かく》、コルト様！　我々はその様な事を考えてはおりません！　そうだ！　き、今日は我々エリザベス商会のオーナーがお世話になっているコルト様に是非《ぜひ》挨拶《あいさつ》したいと……」

「ほう、エリザベス殿が来ていると？」

「い、いえ……エリザベス会長では無く、オーナーが来られています」

「オーナー？」

「はい！　エリザベス会長はオーナーに雇《やと》われている方でして……」

「ではトレートル商会のエリー・レイス殿か？」

「なっ⁉　何故《なぜ》……」

エリーの名を出した事に驚愕《きょうがく》するマーベリックをみて気分を良くしたコルトは饒舌《じょうぜつ》に語る。

「この俺が貴様ら程度の企《たくら》みを見抜《みぬ》けないとでも思っていたのか？　貴様の背後に帝国《ていこく》の商人が居る事などお見通しだ。さぁ、オーナーを連れて来るのだろう？　連れて来たまえよ。エリー・レイスを！」

マーベリックは慌《あわ》てて部屋を出ていく。

「逃《に》がして良かったのか、旦那？　多分、兵隊連れて来るつもりだぜ」

「それなら正面から叩き潰《つぶ》してやれ」

この建物の周りにも百人以上潜《ひそ》ませている。更にベリットも五十人程兵を連れて来ているらしく、既《すで》に周囲のエリザベス商会に雇われた兵隊共を排除《はいじょ》している様だ。そしてこの場にもバアルは別格としても、商会員に扮《ふん》したかなり腕《うで》の立つ者が六人も控《ひか》えている。バアルの話ではそのエリー・レイスとか言う女は武闘派らしいが所詮《しょせん》は商人。戦争での活躍《かつやく》も金で凄腕《すごうで》の冒険者《ぼうけんしゃ》や傭兵《ようへい》を雇ったおかげだと調べがついている。本人の腕は高く見積もってBランク冒険者程度だろう。その程度なら神器持ちの元Aランク冒険者を難なく始末できるバアルの敵ではない。その余裕《よゆう》がコルトの傲慢《ごうまん》な態度に出ているのだが、今それを指摘《してき》する者は誰もいなかった。

「失礼致します」

戻って来たマーベリックがノックをして扉を開く。

「お待たせ致しました」

「ふん、いくら兵隊を連れて来ても……え⁉」

コルトはてっきり多数の戦闘員《せんとういん》が雪崩《なだ》れ込んで来ると思っていた。しかし、マーベリックに付いて入室して来たのはたったの二人。しかも女だ。二人の内の一人、美しい銀髪《ぎんぱつ》を腰まで伸《の》ばしている女が警戒心を露にする周囲を全く気にする事なくコルトの前のソファに腰を下ろし、連れのメイド服姿の女がその背後に立つ。銀髪の女は何がそんなに楽しいのか、笑みを浮《う》かべながら足を組むと、コルトに見下す様な視線を向ける。荒事《あらごと》に慣れたチンピラ共ではなく、美しい女が現れた事。その女がこの状況《じょうきょう》を楽しんでいる様に笑っている事。そんな事よりもコルトが驚《おどろ》いたのは別の事。

「初めまして、ファンネル商会のコルト殿」

違う。『初めまして』ではない。コルトはこの女を知っていた。フリード王太子の元婚《こん》約者《やくしゃ》にして天才と名高い公爵令嬢《こうしやくれいじょう》。そして、ファンネル商会の産みの親。現在は国家反逆の罪で指名手配されている女。

「私はエリザベス商会のオーナー、エリー・レイスと申しますわ」

エリザベート・レイストンである。

「う……ぁ……」

エリザベス商会の裏に居る人間は帝国の成り上がりの小娘だった筈。それがまさかあのエリザベート・レイストンだとは。

「どうかされましたか？　コルト殿」

そう尋《たず》ねるエリザベートにコルトは動揺を隠《かく》し切れなかった。先程《さきほど》までの余裕や傲慢さなど微塵《みじん》も残ってはいない。『不味《まず》い』『危険だ』そんな言葉ばかりが脳裏《のうり》を過ぎる。エリザベートは王太子妃《ひ》教育どころか、王妃《おうひ》教育も終えている。ハルドリア王国の王妃教育には魔法《まほう》や武術などの戦闘《せんとう》技術も含《ふく》まれる。国王の側に侍《はべ》り、最後の砦《とりで》として国王を守る為《ため》に。つまりその戦闘能力は最低でも近衛騎士《きし》以上。この状況を打破出来るような案はとんと浮かんでこない。目の前で微笑《ほほえ》む淑女《しゅくじょ》の圧倒的《あっとうてき》な存在感がコルトの思考を奪《うば》い、その体をその場に縫《ぬ》いとめていた。

「…………」

「…………」

エリザベートとコルトとの間に流れる沈黙《ちんもく》はただそれだけでコルトの命を削《けず》っているようだ。その気になれば直《す》ぐにでも自分を殺せるだろう相手を前にコルトはようやく言葉を発する事が出来た。

「お、お久しぶりですエリザベート嬢」

「ええ。お久しぶり」

そう返したエリザベートは花が咲《さ》くように笑った。この場面だけを切り取ったならば再会を喜んでいるようにも見えた。しかし、次のエリザベートの言葉が直ぐにそれを否定する。

「少し留守にしている間に私の商会に害虫が付いていると聞いて様子を見に来ましたわ」

エリザベートの視線が見下した物からゴミを見るような物に変わった。

「ま、まって下さい。じ、自分は……そう！　自分はエリザベート嬢が戻られるまでこの商会を守っていたのです！」

「ほう？」

「残念ながらフリード殿下の横暴を完全にお諌《いさ》めする事は出来ませんでしたが、ファンネル商会が今日まで存続できたのはひとえに自分の努力の賜物《たまもの》と言えます」

「それで？」

「…………」

自分の言葉がエリザベートにカケラも響いていない事を察したコルトは精一杯《せいいっぱい》の勇気を振り絞《しぼ》りエリザベートを睨《にら》み返した。

「エリザベート嬢。貴女《あなた》は国家反逆の咎《とが》で指名手配されております」

「そうね」

「わ、私の父はブラート陛下の覚えもめでたい財務大臣です。私が仲介《ちゅうかい》すれば王家に話を付ける事も可能です」

「不要よ」

短い言葉を交わす度にエリザベートから感じる圧力が増す気がしたコルトは緊張《きんちょう》と恐怖《きょうふ》で意識が飛びかける。しかし、実際には気を失う事はなかった。その場に新たなる人物が扉を開けて現れたからだ。

「失礼します」

入って来たのは猫人族《ねこじん》の少女だ。小綺麗《こぎれい》な格好をしているがコルトには見覚えはない。

「エリー様、周囲の伏兵《ふくへい》の始末が終わりました」

「ご苦労様」

「指揮官クラスと思われる者を数名、降伏《こうふく》した者を十数名捕らえ、残りは全て殺しました。捕虜《ほりょ》はベリット様の私兵に預けております」

「な!?」

コルトは立ち上がりベリットを見る。ベリットは苦笑いを浮かべながら手でエリザベートを示す。

「ご紹介が遅《おく》れました、こちらビオート商会のオーナー、エリー・レイス殿です」

「………貴様……最初から！」

ベリットは初めからエリザベートと手を組んでいたと言うことか。

「だが、ビオート商会は老舗の……」

「やはり貴方には商売人としての才能は有りませんね」

「な、なに⁉」

「私はビオート商会を丸ごと買い上げただけよ。その歴史ごとね」

「あ、貴女はファンネル商会を嵌める為にわざわざ老舗の商会を買い上げて、わざと怪しいダミー商会を作ったと言うのか！　だが、何故そんな事を…………。確かにダミー商会から資金を吸い上げるつもりで私は多額の金貨を費やした。だがそれは全て偽金貨。それくらいの事は気付いていたのだろう？　なぜ貴女は金と手間を掛《か》けて偽金貨を集めたのだ？　何が目的で……」

「一つ、良い事を教えてあげるわ」

「…………」

「今頃《いまごろ》、貴方の偽金貨工場をレブリック伯爵の騎士達《きしたち》が制圧している頃《ころ》よ」

「馬鹿な⁉」

レブリック伯爵と言えば帝国大使をしている帝国の貴族だ。

「此処は王国のランプトン侯爵領！　帝国貴族が好き勝手に振る舞える筈がない！」

「あら、ご存知《ぞんじ》ありませんの？」

急にエリザベートが惚《とぼ》けた声色《こわいろ》で言うと、背後のメイドから書類を受け取りこちらへと滑《すべ》らせた。そこに書かれていたのは……。

「な、なんだコレは……」

「そこに書いてある通りよ。つい数ヶ月前、帝国と王国の間で通商条約が結ばれたわ。そこに付随《ふずい》する条約としてこの中央大陸で広く適用されている条約をユーティア帝国とハルドリア王国間でも締結《ていけつ》したそうよ。勿論《もちろん》、その中には偽金《にせがね》に関する条約も含まれているわ。偽《ぎ》造硬貨《ぞうこうか》が発見された場合、偽造された国はその偽造行為《こうい》の捜査《そうさ》に限り、条約を交わした他国内でも自国と同様に捜査権、逮捕《たいほ》権《けん》を行使出来る。中央大陸の多くの国で結ばれている条約よ」

「ば、馬鹿な……そんな話……」

「いいえ、条約の内容を詰《つ》めてつい数日前に発表されたわよ。商業ギルドを通じて各商会に通達された筈だわ」

コルトは此処に向かう為に数日前には王都を出ていた。その後に発令された条約をコルトは知らない。勿論、正式に発令される前だとしてもこれ程大きな国際条約であれば、普《ふ》段《だん》から商業ギルドに出入りしていれば情報は入手出来た。しかし、コルトはそれを怠《おこた》っていた。

「帝国大使のレブリック伯爵に頼《たの》んで条約を結んで貰ったのよ。王国に有利な様に調整したらフリードは喜んで条約を結んでくれたらしいわ。その条約も今回の件で見直しになるでしょうけれど」

「フ、フリード殿下が⁉」

「愚《おろ》かよね？　帝国金貨の偽造をしている癖に、自分でその捜査権を帝国に与《あた》える条約を結ぶんだから」

「い、いつから……いつから俺を狙って……」

「別に狙ってなんかいないわよ。貴方程度の小者は如何《いか》でもよかったの。いつでも潰せるし、私の障害になる訳でもないから商会長ごっこをしているくらいだったら捨て置いたわ。私は忙《いそが》しいから」

「……俺が小者？　いつでも潰せる？」

啞然《あぜん》としてエリザベートの言葉をオウム返しするコルトにエリザベートは冷めた視線をむける。そこから読み取れる感情は無関心。本当にコルトなど歯牙《しが》にも掛けていないとわかる。

「帝国で偽金貨が出回り始めて調査を始めたら商会に潜入《せんにゅう》させた者から貴方達がフリードに命じられて帝国金貨の偽造をしていると報告を受けた時には驚いたわ。でも良い機会だから王国の商会を整理して裏切り者のランプトン侯爵を処分しようと思ったのよ。貴方はその為の引き金になって貰うわ」

「な、何を言って……」

「貴方を潰せばそのままランプトン侯爵も潰せるわ。そうなる様に仕組んだから」

エリザベートの言葉にコルトの顔から血の気が引いていく。無能だと嘯《うそぶ》きながらも父親を恐《おそ》れてもいるコルトはこの責任を追及される事を恐れていた。

「く……く、くくく、なら……仕方ないな……バアル！　この女を殺せ！」

開き直ったコルトは命じる。

「ブラート王に認められた武人？　王妃教育？　そんな物ははったりに決まっている！　所詮は女。裏社会の強者バアルに掛かればその命など吹けば飛ぶ塵《ちり》も同じだ！」

コルトは自分でも信じていない事を口にする事で少しでも不安を誤魔化《ごまか》そうとしていた。

◇

コルトが勢い良く立ち上がり、私を殺せと叫《さけ》ぶ。すると今まで小さく抑えられていた気配が膨《ふく》らんだ。コルトがつれていた大男が一歩前に踏み出す。

「仕方ねぇな。そういう訳だ、どうする、嬢ちゃん？」

粗暴《そぼう》な雰囲気《ふんいき》の大男はコルトを庇《かば》うように立つ。

指をボキボキ鳴らす巨漢《きょかん》を前に私は薄い笑《え》みを向ける。

「では貴方に任せていた仕事は此処で終了《しゅうりょう》としましょう」

「はぁあ、なかなか良い金になる仕事だったのにな」

「あなたにはまだまだやってもらいたい事があるのよ。勿論、十分な報酬《ほうしゅう》は用意しているわ」

「仕方ないわね」

バアルは肩《かた》を竦《すく》めると、目にも止まらない速さで拳《こぶし》を繰《く》り出しコルトの背後の腕利《うでき》きの護衛を殴《なぐ》り飛ばす。壁《かべ》に叩きつけられた護衛は口から血を吐《は》き出して絶命していた。更《さら》にバアルはコルトに言葉を発する暇《ひま》を与えずに護衛達を殴り、蹴《け》り殺した。コルトは驚愕の表情でバアルを見る。

「バアル！　貴様、裏切るのか⁉」

「おいおい旦那《だんな》。人聞きの悪い事を言うんじゃねぇよ。俺《おれ》は最初からお嬢の命令で王都の情報を集めていたんだぜ。まぁ、旦那には感謝しているさ。あんたのお陰《かげ》で王宮の下働きの中に俺の息が掛かった人間を送り込《こ》めたからな。ああ、それと金払《ばら》いもよかったか、お嬢程《じょうほど》じゃねぇけどよ」

「バアル。エリー様と呼びなさい」

「悪りぃなミレイの嬢ちゃん。俺は育ちが悪りぃんだよ」

私達と親しげに話すバアルに、コルトはようやく自分の味方などこの場には初めから居なかった事を悟《さと》ったようだ。バアルは王都監視の為に残した私の配下だ。裏社会で燻《くすぶ》っていた彼を拾った私は、影《かげ》として重用して来た。粗暴に見えるが思慮《しりよ》深《ぶか》く、機転が利く有能な人材だ。呆然《ぼうぜん》とするコルトを無視し、ドアの前に立つミーシャに視線で合図を送る。するとミーシャが扉《とびら》を開き、外で待つ者達に声を掛ける。そして部屋に入って来たのは三人、レブリック伯爵の下で働いている法服貴族の文官と護衛の騎士が二人だ。

「な、なんだ⁉」

「帝国の文官と騎士様ですわ。コルト殿《どの》をお迎《むか》えに来て下さったのです」

騎士達が速《すみ》やかにコルトの背後に回ると、両腕《りょううで》を押《お》さえ地面へと組み敷《し》いた。

「ば、馬鹿な！　馬鹿な！　馬鹿な！　お、俺は貴族だぞ！　こ、こんな事が許される訳……」

「許されます。コレは法によって定められた正式な身柄《みがら》の拘束《こうそく》ですから。ああ、ご安心を。貴方のお仲間は直ぐに帝国に引き渡されるでしょう。金貨偽造《ぎぞう》に関する書類は粗方《あらかた》押さえましたし、貴方の証言もあるでしょうから」

「俺の……証言？」

「ええ、帝国の拷問官《ごうもんかん》……失礼、尋問官《じんもんかん》は優秀《ゆうしゅう》ですから。コルト殿もきっと素直《すなお》にお話したくなるに違いありません」

文官の言葉を理解すると、コルトの顔からスッと血の気が引いた。青白い顔をしたコルトはガクガクと膝《ひざ》を震《ふる》わせながら自身を拘束する騎士や冷めた目で見下ろす文官に懇願《こんがん》する。

「ま、待って……話す！　話すから！」

「ええ、お話し下さい。でも貴方が全てを話したと決めるのは私ではありません。大丈夫《だいじょうぶ》ですよ、優秀な治癒《ちゆ》魔法使《まほうつか》いを用意してありますので」

「ま、ち、違……た、助けてくれ！　エリザベート嬢！　これは殿下《でんか》が、全部フリード殿下の命令でやったんだ！」

「お話なら帝国でゆっくり聞いて貰うといいわ」

「コルト・ランプトン。帝国金貨偽造、及《およ》び帝室侮辱《ていしつぶじょく》の咎で貴様を拘束する」

「うぁぁぁ！」

文官は取り出した書状を読み上げると、騎士達は何かをわめいているコルトを問答無用で連行した。話なら帝国の拷問官が聞いてくれるだろう。帝国金貨には帝国の紋章《もんしょう》と初代

皇帝《こうてい》の横顔が刻印されている。コレを無断で鋳造《ちゅうぞう》した事になる為、金貨の偽造は、同時に帝室への侮辱の罪にも問われる事になる。先ず、生きて解放される事はない。久しぶりの金貨偽造の罪人だ。見せしめとして可能な限り惨《むご》たらしく処刑《しょけい》されるだろう。

「さて、こちらは片付いたわね。帰るわよ」

マーベリックとベリットに撤収《てっしゅう》を指示した私は、一足早くミレイとミーシャと共に馬車で次の場所へ向かうべく移動を始める。その道中で私は隣《となり》を歩く巨漢に声をかける。

「バアル」

「何でい？」

「バアル。エリー様にその口の聞き方は……」

「ふふ、構わないわ。ミレイ」

不満げなミレイを下がらせた私はバアルに幾《いく》つかの資料を手渡《てわた》した。

「帝国に向かう前に貴方にはやって欲《ほ》しい事があるのよ」

◇

「やぁ、お疲《つか》れ」

「あら、ルーカス様。わざわざ外で出迎《でむか》えていただかなくとも良かったでしょうに」

翌日、私たちが工房《こうぼう》に到着《とうちゃく》すると、慌ただしく資料や証拠《しょうこ》などを運び出す帝国兵達に交じってルーカスが待っていた。

「これを君に見せたくてね」

ルーカスが一枚の書類を手渡してくれた。

「コレは……」

「君にとって良い武器だろ?」

それはこの帝国金貨の偽造がフリードの指示である事の証拠となる書類だった。

「本物ですか?」

「筆跡《ひっせき》を鑑定しなければ分からないが、多分本物だろう。帝国に戻《もど》ったら直ぐに鑑定しよう」

こんな決定的な証拠を残しておくとは、フリードの愚かさを再確認《かくにん》した気分だわ。

「これはルーカス様がお持ち下さいな。いくらなんでも王太子を罪人として帝国に引き渡すなんて事はしないでしょう。ですが身柄と引き換《か》えにかなりの賠償《ばいしょう》金を請求《せいきゅう》出来る筈です」

「良いのか? 君なら別の使い方も出来るだろう?」

「構いませんわ。フリード個人を追い詰めるより賠償させて王国の国力を削《そ》ぐ方が得と見ました」

個人間の損害賠償ではない。国家間の、それも王太子の不正による賠償だ。その賠償額《がく》はそれこそ国が傾《かたむ》く程の金額になるはずだ。

「そうか……では有効に使わせて貰おう」

私は書類を返し、帝国に戻るルーカスの馬車に同乗した。馬車は全部で七台。私達が乗るルーカスの馬車、ミレイが乗る私の馬車、文官や騎士、証拠品や書類、物資を運ぶ馬車が三台、そしてコルト達、拘束した罪人を護送する馬車が二台の編成だ。

「しかし、随分と上手《うま》く行ったものだな」

ルーカスが押収《おうしゆう》した資料に目を通しながら呟《つぶや》くように口を開く。

「当然ですわ。私が作った商会ですもの、間者によって向こうの情報は筒抜《つつぬ》けです」

その間者だったバアルは帝国に向かう馬車には乗っていない。彼は私が頼んだ新しい仕事の為に王国内を移動中だ。

「そのファンネル商会もこれで終わりか」

「間違《まちが》いなく取り潰しですわね。まぁ、私の息が掛かった者達は全て抜《ぬ》け出した後ですから、残っているのはフリードが集めた甘《あま》い汁《しる》を吸うだけの寄生虫共ですわ」

「そうか。それから主犯だったコルトと言う男は貴族の出だろう？　実家の方はどう出る？」

「おそらく当人と縁《えん》を切らされた上で降爵《こうしやく》、当主は強制隠居《いんきよ》と言ったところでしょうか。フリードが主犯である以上、家族諸共処刑《もろともしよけい》とは行かないでしょうね」

「君にしては優《やさ》しいじゃないか」

「…………ルーカス様は私をなんだと思っていますの？」

私が半目で睨むと、ルーカス様は肩を竦める。

「ロベルトの時は民を巻き込んで大勢の死者を出しただろう？　だが今回は犯罪者を捕らえただけだ。俺はてっきり今回も血の雨が降る事になると思っていたぞ」

「私はそこまで悪辣《あくらつ》ではありませんわ。必要なら民を巻き込む事も厭《いと》いませんが、殺戮《さつりく》を楽しむ趣味《しゆみ》は有りません。それに、今回の一件は下準備です」

「下準備？」

「ええ、私は王国を潰すと言ったではありませんか。既に次の手は打っております」

ルーカス様が眉根を寄せて見る。

「今回、王国は主犯であるフリードを差し出す訳には行きません。ですが、それ以外の関わった貴族出身者の幾らかは帝国に引き渡されるでしょう」

「そうだな、全員渡せないなどとは言えないだろう」

「そうなると、引き渡された方の貴族はどう思うでしょうか？」

「それは……フリードのしでかした所為《しょい》で一族の者を帝国に差し出す事になり、更に降爵の不名誉《ふめいよ》を受けるだろうな」

「更に元凶《げんきょう》であるフリードは健在となると？」

「王国の貴族と王族の間の不和が広がる……か？」

「はい、更に王国は現在属国との関係が悪化しております。そしてロベルトの一件で貴族に対する平民の感情もよくありません。これらも、元を正せばフリードの仕業《しわざ》ですね」

ルーカス様は私の言葉を聞き、自分の目を覆《おお》う。

「まさか…………」

「燻る火種に油を注ぎ、風を送ればどうなるかは自明の理と言う物です」

私はバアルに任せた計画を伝えた。するとルーカスは顔を青くする。

「…………大勢の死者が出るぞ？　ロベルトの一件とは比べものにならない程に」

「初めからそう言っているではありませんか。必要なら殺すと」

「…………先程の君にしては優しいと言う言葉は撤回《てっかい》しよう。やはり君は恐ろしい女だ」

固く目を閉じて溜息《ためいき》を吐き出すルーカス様に、私は何を今更《いまさら》と返す。このままフリードが新たな王となれば王国は近く滅亡《めつぼう》するだろう。それを私の手で早めてやるだけに過ぎない。

「ところで最近の帝都《ていと》の流行なのですが……」

そこからは話題を変えた。私が今力を入れているチョコレートの話をして、ルーカスからレブリック伯爵《はくしゃく》領への誘致《ゆうち》を引き出すのだった。

◆

ブラートは王城の一室で頭を抱《かか》えていた。帝国金貨を偽造していた者達を捕縛《ほばく》する為、帝国の兵が国境を通過すると連絡《れんらく》が有ったのが七日前、捕らえられたのが我《わ》が国の貴族に連なる者だったと知らせが来たのが四日前、そしてその首謀者《しゅぼうしゃ》が息子《むすこ》であるハルドリア王国王太子フリード・ハルドリアだと言う情報を持った宰相《さいしょう》ジーク・レイストンが部屋に飛び込んで来たのが十分程前、そして眉《まゆ》を吊《つ》り上げて怒《いか》りを露にしたロゼリアが帝国からの書状を手に現れたのがつい先程の事だ。

「ジーク。フリードはどうしている」

「既に此方にお連れする様、人を向かわせました」

「そうか」

「ロゼリア嬢。帝国は何と言っているのだ？」

「金貨偽造に関《かか》わった者達の身柄の引き渡しと謝罪、賠償でございますわ」

「流石《さすが》に王太子であるフリードを罪人として帝国に送る訳には行かんか」

「そうですね。王家への支持は暴落するでしょう」

「わたくしとしては己《おのれ》の愚かな行いの責任をとって頂きたく思いますが、帝国がフリード殿下を神輿《みこし》に据《す》えて王国に進軍してくる可能性が考えられる以上、生きたまま引き渡す事はできませんわ」

「だがそうなると……」

「賠償金が跳《は》ね上がりますわね」

「それだけではないだろう？」

「はい、先日フリード殿下が結んで来た条約も見直されるでしょう。おそらくかなり王国に不利な条件となるかと」

ジークとロゼリアの言葉にブラートは再び頭を抱える。

「要求を突《つ》っぱねるのは……」

「無理ですわ。そうなれば停戦条約を無効にして戦端《せんたん》を開く口実になります。数年前なら兎も角、今戦争となる訳には行きません。多少は緩和《かんわ》したとは言え属国との関係は今だに不安定、帝国に戦力を集めれば背後を突かれる可能性があります」

「それと陛下、例の件なのですが……」

ジークがブラートの耳元で手短に報告すると、ブラートは諦《あきら》めとも安堵《あんど》ともつかない溜息を吐き出した。その様子に首を傾《かし》げるロゼリア。

「何か有ったのですか？」

「ああ。ロゼリア嬢には伝えておくべきだったな。実は……」

「お呼びですか、父上」

ブラートの言葉を遮るように扉を開きフリードが部屋へと足を踏み入れた。何故か呼んでもいないシルビアも連れているが、最早《もはや》それを咎める気力は誰《だれ》にも残っていなかった。

「…………お呼びですか、ではない。自分が何をしたのか分かっているのか」

「何の事でしょう？」

「偽金の件だ」

「…………」

「フリード。此度《こたび》の件、お前はやり過ぎた。いくら俺でもこれ以上は庇い切れん。そこで

「……」

ブラートは苦しそうに奥歯《おくば》を噛《か》む。

「そこで、手を打つ事にした」

「……父上？」

そこで取り次ぎの従者から話を聞いたジークがブラートに耳打ちする。それに頷《うなず》きで返したブラートは扉に向かって声を掛ける。

「入れ」

扉が開き二人の人物が部屋に入ってくる。

「な⁉」

ガタッと椅子《いす》を鳴らしフリードが立ち上がる。

「何故、お前が此処にいる！」

その二人は女だった。一人は従者、南大陸に多い黒髪《くろかみ》に黒目の若い女。もう一人は更に年若い少女だ。従者と同じく黒い髪だが、その瞳は鮮《あざ》やかな翠《みどり》。顔立ちは中央大陸の人間だが纏《まと》う雰囲気は南大陸の気を帯びている。混血特有の魅力《みりょく》を持つ少女だ。少女は怒鳴《どな》る
フリードに肩をすくめて言い返す。

「何故って、呼ばれたからに決まっているじゃないですか」

「何だと⁉」

苛立《いらだ》たしげに少女を睨みつけるフリードを無視してブラートは遠くの南大陸から呼びつけた少女に声を掛ける。

「久しぶりだな、アデル。急な呼び出しで済まん」

「まぁボクは構いませんけどね。お久しぶりです。父上、兄上、ジークとロゼリアも」

それから部屋にいる人間の顔を一人一人確かめる様に見たハルドリア王国第一王女、彩暁《アデル》・ハルドリアは最後にフリードの横で所在なさげに座《すわ》るシルビアに訝《いぶか》しげな視線を向けた後、首を傾げた。

「ところで……エリザベート姉様は何処《どこ》に？」

首を傾げるアデルに言いづらそうにしながらもジークが現状を詳《くわ》しく説明する。その話を聞き、次第《しだい》にアデルの表情が不機嫌《ふきげん》になって行く。そして全《すべ》ての説明が終わる。

「…………馬鹿なんですか？」

そう言われてもしかたない。ブラートは娘《むすめ》のその言葉を甘んじて受ける。しかし、フリードは舌打ちをして腕を組んでいた。

「先《ま》ず兄上、何故エリザベート姉様との婚約《こんやく》を破棄《はき》したの？」

「ふん、奴《やつ》がシルビィにした事を思えば当然の事だろう」

「証拠は？」

「は？」

「ですから、エリザベート姉様がそのシルビアとか言う者を害そうとした証拠だよ」

「そんなもの、シルビィの証言で十分だろう」

「そんな訳ないでしょう」

「ではなんだ？　貴様はシルビィが嘘《うそ》をついているとでも言うつもりか！」

「そう言っているんだよ」

アデルがそう言うと、シルビアが立ち上がった。

「お待ち下さいアデル様！　私はその様な事は……」

シルビアの言葉を遮《さえぎ》りアデルの冷たい声音《こわね》が響《ひび》く。

「口を閉じたまえ」

「ボクは君に発言を許した覚えも、名を呼ぶ許可を与えた覚えも無いよ」

「アデル！　シルビアは俺の婚約者だぞ！　貴様は何様のつもりだ！」

「何様って、ボクは王女様だよ。婚約者は所詮、婚約者でしかない。今の身分はただの男爵令嬢《しやくれいじよう》に過ぎない。上位者に対して許可なく声を掛けるのも許可なく名を呼ぶのも不敬だというのは常識だよ」

「…………」

アデルの視線に晒《さら》されてシルビアは縮こまってしまう。

「それで父上、何故ボクを呼び戻したのかまだ聞いていないよ」

「ああ……エリザベートの出奔《しゅっぽん》を始め、今の王国の現状はフリードを諫め切れなかった俺の責任だ。だが、今回ばかりは俺も腹を決めた」

「どういう事ですか、父上」

フリードが訝しげにブラートを睨む。

「アデル、お前には王太子の補佐《ほさ》として働いて貰《もら》いたい」

「…………ロゼリアを呼びつけてエリザベート姉様の代わりをさせておいて、それでもダメだったから捨てて今度は他国に出したボクを呼びつけてすげ替《か》えると？」

「違《ちが》う。ロゼリアは良くやってくれた。しかし、王族と言う身分が必要な事もある。ロゼリアにはお前の下に付いて貰うつもりだ。そしてアデルには形としては補佐だが、実質、王太子としての権限を与える」

「な⁉」

「フリード、この際だからハッキリと言っておく。貴様はお飾《かざ》りだ。今後、王太子としての権限は剥奪《はくだつ》する。何かする時はアデルの承認《しょうにん》を得よ」

「これでも温情を与えている。ハルドリア王国は伝統的に雷《かみなり》属性の魔力《まりょく》適性を持つ者が王位に就《つ》いてきた。だからお前を一応王位に就かせる積もりだが、実務は全てアデルに任せる。この上で更に問題を起こすならば、お前を排し、正式にアデルを女王として即位《そくい》させる」

「馬鹿《ばか》な⁉」

唖然とするフリードを無視してブラートはアデルに向き直る。

「そういう訳だ。良いなアデル」

アデルは不機嫌そうな顔を直す事なく尋ね返す。

「その場合、ボクの権限はどうなるのですか？」

「お前には準一級命令権を与える」

「王太子と同等の権限か……兄上の権限は？」

「フリードには四級命令権を与えるが、しばらくは権限を停止する」

アデルはしばらく瞑目《めいもく》すると頷いた。

「分かった、それで良いよ。ではロゼリア、早速引《さっそくひ》き継《つ》ぎをしよう。それから王城にボクの執務室《しつむしつ》を設置して。欲しい人員はボクが自分で選ぶ」

「待て！　俺は認めんぞ！」

「兄上、これは王命だよ。ボクにも、兄上にも拒否権《きょひけん》は無い。それから今後は兄上には監《かん》視役《しやく》を付ける。人員を選考するまで自室で謹慎《きんしん》していて下さい」

「貴様……妹の分際で！」

「黙《だま》れ、フリード。アデルの指示通りに計らおう。ジーク用意を」

「御意《ぎょい》」

「ロゼリア嬢も良いだろうか？　これからはアデルの臣下として力を貸して欲しい」

「畏《かしこ》まりました」

「ではボクはこれで下がらせて貰うよ。兄上がしでかした一件の後始末をしないといけないからね」

席を立ち侍女《じじょ》を連れて部屋を後にするアデルにロゼリアが続く。部屋に残されたフリードは怒りで顔を赤くしているがブラートやジークが声を掛ける事はない。やがてジークの指示でオロオロとするだけのシルビアと共に衛兵によって自室へと戻されるのだった。

◇◆☆◆◇

手の平程《ほど》の紙に描《えが》かれているのは髭《ひげ》を蓄《たくわ》えた初老の男性。この国に生まれた者ならば初等学校で必ず習う偉人《いじん》の一人、初代大公ルーカス・レブリック・ハルドリアの姿絵だ。ハルドリア公国に新しく設置された工房で一人の男が手にした紙片《しへん》を見ながら不思議そうに首を傾げていた。そこにやって来た男の同僚《どうりょう》が声をかける。

「どうした？」

「ああ、妙《みょう》な物だと思ってな。見ろよ、こんな紙切れが金貨一枚と同じ価値があるんだぜ」

「まぁ、言わんとする事は分かる」

男が手にしている紙片は来年から発行される予定の紙幣《しへい》と呼ばれる新しいお金だ。今まででは金や銀などの価値の有る鉱物で出来た貨幣《かへい》を使っていたので紙で出来たお金と言うのは男にはとても頼《たよ》りなく思えたのだ。

「そんなに良い物なのか？」

「この紙自体には大した価値は無いがな。簡単に言うとこれは金貨の引換券《ひきかえけん》みたいな物さ。これ一枚に金貨一枚と同等の価値があると公国が補償《ほしょう》しているからこの紙切れに価値が生まれる」

「よく分からんな。俺なら金貨の方が良い」

「はは、しばらくはお前みたいな反応が一般《いっぱん》的だろうな。完全に流通して馴染《なじ》むまではしばらく時間がかかるだろうが、今後は利に聡《さと》い商人を中心に広がって行くだろう」

「そんなもんかねぇ？」

男は肩を竦めると紙幣をマジマジと検《あらた》める。

「この表側に描かれているのは初代大公のルーカス様だろ？　裏の図案はどういう意味だ？」

「お前なぁ、初めに説明されただろ。右側の七冊の本は白銀の魔女《まじょ》様、左の花は初代大公妃《ひ》様を表しているんだ」

「はぁ、建国の偉人達《いじんたち》の紋章って事か？」

「そんな所だな。さぁ、そろそろ休息は終わりだぞ」

「あいよ」

男達は午後の仕事に向けて準備を始めるのだった。

ハルドリア公国　造幣局《ぞうへいきょく》　新貨幣準備室での一幕

三章 《歓楽街に潜む者》

「エリー様、本当にドレスじゃなくてよろしいのですか？」

「良いのよ、貴族として行く訳じゃないんだからね」

　私は自分の装いを確認してミレイに答えた。今日の私は上等な仕立ての服ではあるが、ドレス姿ではない。どちらかと言うと男装に近い中性的な服装だ。

「エリー会長、時間です」

「今行くわ」

　馬車が来た様で、ルノアが呼びにやって来た。私はアリスの頭を撫《な》でてから手を振《ふ》り、ルノアが御者《ぎょしゃ》をする馬車に乗り込んだ。ガラガラと大通りを進む先に見えるのは宮廷《きゅうてい》。その門の前で番兵に止められ、ルノアが緊張しながら書状を手渡すと宮廷の一角に案内され、そこからメイドに連れられて控室《ひかえしつ》へ通された。控室に入ると中に居た人の視線が私に向けられる。ルノアは緊張している様だが、私は穏《おだ》やかな笑みを浮《う》かべて挨拶《あいさつ》する。

「ごきげんよう、ルーカス様、カルバン様」

控室に居たのはルーカスと帝都の商業ギルドのギルドマスターであるカルバンの二人、そして二人の連れである従者達だった。今日は先日の偽金貨《にせきんか》事件で功績を挙げた者達が呼び出されている。王国に乗り込んで犯人を叩《たた》き潰《つぶ》した私とルーカス、そして帝国《ていこく》内に出回ってしまった偽金貨を回収し、新たに偽金貨が流入するのを防いでいたカルバンの三人だ。

正直私はこの手の褒賞《ほうしょう》を受けるには立場が微妙《びみょう》だ。だが、既《すで》に亡命して長い年月が経《た》つ上、前回のダンジョンでの功績も有り、褒賞を与えなければ帝国の面子としても不味《まず》いと言われ、渋々《しぶしぶ》やって来た。まぁ、いい加減私の居場所もバレている筈《はず》だ。未《いま》だに王国からの接《せっ》触《しょく》は無いのが不思議だけれど。

アリスについて簡単にルーカスに話していると案内役が控室にやって来た。

「レブリック伯爵、カルバン殿、エリー殿、準備が整いました。謁見《えっけん》の間へお願い致《いた》します」

会話を切り上げた私達は案内役の従者に従って謁見の間へ向かう。大きな扉を潜《くぐ》り、赤い絨毯《じゅうたん》が敷かれた謁見の間に入った私達は、数段高くなっている場所の少し前で立ち止まり平伏《へいふく》する。ルーカスを先頭に後ろに私とカルバンが並んでいる。すると、皇帝陛下が入室する。

「面をあげよ」

左右を帝国の貴族達に挟《はさ》まれた私達。そこで大臣が私達の功績を読み上げ、皇帝陛下からお褒《ほ》めの言葉を頂く。そして私とカルバンは帝国名誉騎士勲章《めいよきしくんしょう》を授与《じゅよ》された。そして最後はルーカスだ。

「ルーカス・レブリック、此度の其方《そなた》の働き、実に大義であった。其方の功績に対し、褒美《ほうび》として領地を与え、辺境伯《へんきょうはく》に陞爵《しょうしゃく》とする」

「謹《つつし》んで拝領致します」

今回の一件で、王国は帝国に対して多額の賠償金と共に、帝国に面した領土の一部を割譲《かつじょう》した。金貨偽造の賠償金だけでなく、広がった偽金貨を回収する為《ため》の費用も王国に請求されている。その為に、わざわざダミー商会を作ってまで偽金貨を吸い上げておいた。それによって王国は更にダメージを負う事になる。結果として、あまりにも高額になった賠償金と回収費用を支払《しはら》う事が出来ない王国は、賠償金の一部を領土で支払った形だ。そして、新たに得た領土の一部をルーカスが褒賞として与えられた訳だ。それによってルーカスが治める領地は広大になり、晴れて伯爵位から辺境伯位へと陞爵する事になった様だ。

こうして半日掛《か》けて大きなイベントをこなしたのだった。

◇

「へ～、じゃあ最近はずっとアリスちゃんの魔力制御《まりよくせいぎよ》の特訓をしているんッスか？」

「ええ、アリスは物覚えが良いから直《す》ぐに魔力を制御出来る様になったわ」

喫茶店《きつさてん》《グリモワール》のテラスで新作のチョコレートケーキを食べながら帝都に帰って来たティーダと近況《きんきよう》の話をする。アリスが二つの魔法《まほう》適性を持つ事は伏《ふ》せて、魔力が多い為、制御を教えたと伝えたのだ。そのアリスは隣のテーブルでルノアの正面に座り、口の汚《よご》れを隣に座るミーシャに拭《ぬぐ》われていた。

「この歳《とし》でキチンと魔力を制御出来るなんて、将来は大魔導士ッスね」

「ふふ、才能が有るのは確かかね」

「…………エリーさん、意外と親バカッスね」

「…………」

私が視線で抗議《こうぎ》すると、ティーダはあからさまに話題を逸《そ》らす。

「それで、エリーさんはまだ帝都でアリスちゃんの面倒《めんどう》をみるんッスか？」

「そうしたい所だけど、そうもいかないのよ」

「と言うと？」

「仕事よ。アクアシルクの生産が軌道《きどう》に乗り始めたんだけど、此処《ここ》で大口の取引先を得る為に少し帝都を離《はな》れるつもりなの」

「何処に行くんッスか？」

「ケレバンの街よ」

「ケレバン！」

ケレバンの街はコーバット侯爵領《こうしやく》にある街だ。この街は帝国でも特殊《とくしゅ》な存在で、なんと街一つが巨大《きょだい》な歓楽街となっている。統治しているのはコーバット侯爵が派遣している代官……となっているのだが、それは表向きの話だ。実際に街を支配しているのは、帝国商業ギルド評議会の評議員の一人、《銀蝶《ぎんちょう》》ヒルデ・カラードだ。彼女《かのじょ》が経営する娼館や系列店は既にトレートル商会の大きな取引先となっている。今回は新しく取り扱《あつか》う事になるアクアシルクをヒルデの所に売り込むつもりだ。その為に、彼女の本拠地《ほんきょち》であるケレバンの街へ乗り込む事になったのだ。

「ケ、ケ、ケレバンの街と言えば！」

ガタッと椅子を弾《はじ》き立ち上がったティーダが瞳をギラつかせて顔を寄せる。

「ちょっと、近いわよ」

私はティーダの顔を押《お》さえて押し返そうとするが、ティーダはビクともしなかった。

「ケレバンの街と言えば！　帝国最大の歓楽街ッスよね！　大きなカジノが有って、大陸中の美酒が集まると言うあの街ッスよね！」

「そ、そうよ」

「…………私も行くッス」

急に真顔になったティーダが声のトーンを落として呟く様に、しかし力強く宣言した。

「私達は遊びに行くんじゃないわよ」

「良いじゃないッスかぁ～。仕事って言っても少しはゆっくりするんッスよね。私も一緒《いっしょ》に連れてってくれても良いじゃないッスかぁ～」

机を回り込んだティーダは、私の首に抱《だ》きついて駄々《だだ》を捏《こ》ねる。

「離れなさいって。別に連れて行くのは良いけど……貴女《あなた》、一応聖職者でしょ？　歓楽街に遊びに行って良いの？」

「聖職者は暫《しばら》くお休みにするッス！　女神《めがみ》様が私に仰《おっしゃ》っているッスよ『汝《なんじ》、休みなさい』って！」

「…………貴女、いつかバチが当たるわよ」

こうして数日後、商談の為にケレバンの街へ向かう私達一行にティーダが加わったのだ。

◆

「いやはや、お聞きしましたよ。フリード殿下。実に災難でしたな」

「ちっ！　嫌味《いやみ》でも言いに来たのか？」

フリードは、目の前に座るでっぷりと太った体を窮屈《きゅうくつ》そうに法衣《ほうえ》に詰《つ》め込《こ》んだ男を睨《にら》みつける。

「これは手厳しい。私はただ友人たる貴方様《あなたさま》を励《はげ》まそうと足を運んだだけでございますよ」

頬《ほお》の贅肉《ぜいにく》をプルルンと揺《ゆ》らしながら笑う男の名はドンドル。首から下げられた金の聖印はイブリス教の大司教である事をしめしている。加えてドンドルは巡回《じゅんかい》司教だ。彼《かれ》の仕事は各地の神殿《しんでん》や聖地を巡《めぐ》り、その地の聖職者を取りまとめ、総本山との橋渡《はしわた》しをする事だ。

「だったら用は済んだだろ。さっさと失《う》せろ」

「はは、どうやら今日は日が悪い様ですな。では私はこれでお暇《いとま》させて頂きましょう」

フリードはそう言って席を立つドンドルを苛立たしげに呼び止める。

「待て、帰る前に今回の分を置いて行け」

「今回の分？　はて、フリード殿下は一体何の事を仰っておられるのですかな？」

「ちっ！　馬鹿か貴様は！　今回の分の金を置いて行けと言っているのだ！」

「お金⁉　何の事ですかな？」

「くどい！　貴様が国境を通る時、口を利いてやっているだろうが！」

「…………フリード殿下。正確には『口を利いてやっていた』ですよ」

「っ⁉」

「今の貴方《あなた》に国境の兵に指示を出す権限はないのでしょう？」

「…………貴様がそういう態度なら、貴様の馬車の『積み荷』について追及《ついきゅう》しても構わんのだぞ」

「はっはっは、フリード殿下、貴方はもっと世の理を知るべきですな。そんな事をすれば、今まで金を受け取り手引きして来た貴方も責任を追及される事になる。貴方が金を受け取っていた証拠はちゃんと取ってありますよ」

「な⁉」

「私がお渡《わた》ししていた金で帝国にちょっかいを掛けておられたのでしょう？　あの金貨の一件でいくつかの貴族家が罰《ばつ》を受けた。ただでさえフリード殿下に恨《うら》みをもつ彼らにその資金源が不正な手段で得た物だと知れ渡ればどうなりますかな？　金の使用に関わった彼らは追加の制裁を受け、貴方への恨みは更《さら》に増してゆく。私と貴方は一蓮托生《いちれんたくしょう》なのですよ。余計な欲を出さず大人しく妹君の傀儡《かいらい》として生きる事ですな。では失礼」

フリードに蔑《さげす》む様な視線を残し、ドンドルは部屋を後にした。

「この生臭《なまぐさ》司祭が！」

ドンドルが出て行った扉《とびら》に叩きつけられたティーカップが砕《くだ》け、甲高《かんだか》い音が響く。

「くそ！　何故《なぜ》だ！　何故こうなった！　エリザベートを排除《はいじょ》すれば俺《おれ》がこの国の頂点に立てる筈じゃなかったのか！　口煩《うるさ》いエリザベートを排して、可愛《かわい》いシルビアと二人、贅《ぜい》沢三昧《たくざんまい》の生活が待っている筈だった。それを父や宰相は些細《ささい》なミスで懲罰《ちょうばつ》を言い付け、生意気なロゼリアはこの俺の先進的な戦略を国際法がどうたらと訳の分からない事で邪魔《じゃま》をし、異国の売女《ばいた》の娘である妹は俺に責任を取れと言って来る。王太子であるこの俺にだぞ！こんな不敬が許されるものか！」

◇

ケレバンの街へ向けて出発する日、私達は帝都の屋敷《やしき》の前に停《と》めた馬車に集まっていた。今回、ケレバンの街へ向かうメンバーは私とミレイ、ルノア、ミーシャ、アリス、そしてティーダだ。御者台《ぎょしゃだい》に座ったミーシャの操車で帝都の門を抜けてコーバット侯爵領を目指して進む。コーバット侯爵領は帝都が有る皇帝《こうてい》陛下の直轄領《ちょっかつりょう》の直ぐ隣《となり》に位置している。その為、街道《かいどう》周辺は帝国兵やコーバット侯爵の騎士団《きしだん》が定期的に魔物《まもの》や野盗を排除しているので比較的《ひかくてき》安全なルートとなっている。時間に余裕《よゆう》はあるので、アリスが気に入りそうな花畑や景色の良い丘《おか》などで休息をしながらゆっくりと進む。

「ママ〜こっち！」

「はいはい、待ちなさい」

「きゃ〜」

楽しげに逃《に》げるアリスを追いかける。服の裾《すそ》を直してあげようとしていたのだが、どうやらアリスは追いかけっこをしたかった様だ。子供と侮《あなど》る事なかれ。魔力操作の訓練をして簡単な魔法が使える様になったアリスは身体強化の魔法やスキル程ではないが高い身体能力を持っている。普通《ふつう》の子供とは基礎《きそ》体力が違うので、魔力を使わなかったら私でも疲れてしまう。アリスが満足するまで遊んだ後、馬車ゆっくりとケレバンの街を目指して進んでいく。

「ママ、あれはなに？」

「あれは竜車《りゅうしゃ》よ。走竜と言う魔物が引く馬車みたいな物ね。馬車より早く走れるけれどあまり長い距離《きょり》は走れないわ」

「ママは乗った事あるの？」

「竜車はないわね。でも走竜に騎乗《きじょう》した事は有るわよ」

「アリスも乗りたい」

「あら、走竜に？」

「うん！」

走竜に興味を示すのは少し意外だった。最下級の亜竜種《ありゅう》とは言え竜は竜だ。顔は結構怖《こわ》い。アリスが平気だと言うのなら乗せてあげたいが、走竜は結構気性《きしょう》が荒《あら》く、乗り手との相性《あいしょう》が重要になる難易度が高い騎獣だ。

「走竜は難しいからラウンドタートルから練習しましょうね」

「それも乗りたい」

見たことの無い物なら何でも良いのか。ラウンドタートルは大きな亀《かめ》の魔物で、力は強いが温厚《おんこう》で大人しい魔物だ。偶《たま》に大道芸人が広場で子供を乗せていたりする。

「今度乗せてあげるわ」

「約束だよ」

その後もアリスの疑問に答える内に『約束』は増えていった。

三日目の昼が過ぎた頃《ころ》だ。私が手綱《たづな》を握《にぎ》り、隣にアリスを座らせて進んでいると街道を塞《ふさ》ぐ様に屯《たむろ》する集団に遭遇《そうぐう》した。

「ママ。だれかいるよ」

「大丈夫《だいじょうぶ》よ」

遠くに見える集団だが、彼らが掲《かか》げる旗が大きくはためいている。その旗に描かれた紋《もん》章《しょう》はイブリス教の物。おそらくあの集団は聖騎士団だろう。この辺りで不審《ふしん》な集団が目撃《もくげき》されていると言う話だ。聖騎士団はその調査に来ているのかも知れない。

「げっ⁉」

そうアリスに説明していると、背後から顔を出したティーダが妙な声を上げる。

「どうしたのティーダ？」

「うぅ、あれは第四聖騎士団ッスね」

「第四聖騎士団と言えば犯罪の取り締《し》まりを専門にしている聖騎士団よね」

「そ、そうッスね。あの……エリーさん、私はただのティーダ。トレートル商会の関係者のティーダって事でお願いするッス」

そう言うと、ティーダはいそいそと髪型《かみがた》を変えて帽子《ぼうし》を深めに被《かぶ》ると馬車の角の目立たない位置に身を隠《かく》す様に座り込んだ。

「貴女何したのよ？　………自首した方が良いわよ」

「な、何もしてないッスよ！　ち、ちょっと聖騎士団の倉庫からこっそりワインを分けて貰ったり、備蓄《びちく》の干し肉を摘《つま》み食《ぐ》いした事があるだけッス」

「窃盗《せっとう》ですね」

ミレイが半目でティーダにじっとりとした視線を向ける。

「い、いや、ちゃんと謝《あやま》ったッスよ！　聖騎士団長にめっちゃ怒《おこ》られたッス。神像の前で五時間も正座させられて聖典の書き取りをさせられたんッスよ」

涙《なみだ》を浮かべて震《ふる》えるティーダ。どうやらそれ以来聖騎士団が苦手らしい。


「止まれ！」

聖騎士団に馬車を止められた私は、取り敢《あ》えず代表として彼らの話を聞く事にする。

「突然《とつぜん》済まない。我々はイブリス教第四聖騎士団第六分隊の者だ。現在、事件について捜《そう》査《さ》をしている。協力を願いたい」

若い聖騎士がそう説明し、私達の身元を尋《たず》ねた。

「私はトレートル商会の会長エリー・レイスです。この子は養子のアリス。馬車に居るのが商会員のミレイ、ルノア、奴隷《どれい》のミーシャ、それから……そっちは友人のティーダよ」

「ん？　随分《ずいぶん》と着込《きこ》んでいるな」

ティーダは帽子を深く被っていて顔がよく見えない。実に怪《あや》しい。ティーダは必死に声《こわ》色《いろ》を変えて言う。

「す、少し馬車に酔《よ》ってしまった様なのですわ～」

「……そうか、ではこの街道を進む目的を聞いても良いかな？」

「ケレバンの街で商談があって向かっているところよ」

「そうか。一応、馬車を調べさせて貰っても良いだろうか？」

「ええ、どうぞ」

イブリス教の聖騎士団は多くの国での捜査権《そうさけん》を持っている。検問での調査への協力は任意なので断っても問題は無いが、それをするとやましい事が有りますと言っている様なもの。痛くも無い腹を探《さぐ》られるのは良い気持ちはしないが、変に目を付けられるのも面白《おもしろ》くない。此処は大人しく捜査に協力するのが無難だろう。その後、積み荷や馬車を調べた聖騎士から問題なしと判断された。

「手間を取らせたな」

「いえ、事件が解決する事を願っているわ」

「ああ、君たちの旅に神の祝福があらん事を」

胸に手を当てて簡易的な祈《いの》りの所作をとり私達の旅の無事を祈ってくれた聖騎士に別れを告げて馬車を出した。

「ふぅ、何とか切り抜《ぬ》けたッスね！」

「いえ、我々は何処にもやましい事など無いのですから普通にしていれば問題は有りませんでした」

「ビクビクしていたのはティーダだけよ」

「ティーダお姉ちゃんは悪い人なの？」

「ち、違うッスよ～アリスちゃん！　私は聖騎士が苦手なだけッスよぉ～」

聖騎士との遭遇から数日、特に何事も無く旅を続けていた私達の目の前に立派な防壁《ぼうへき》で囲まれた街が見えてきた。門の前にはケレバンの街に入ろうとする者達が列を成している。

「おお！　見えて来たッスよ！」

「ティーダお姉ちゃん。窓からお顔をだしたらあぶないんだよ」

「あ、はいッス……」

それから馬車の列の最後尾《さいこうび》に並び順番を待つ。列は意外と早く進み早々に私達の番がやって来た。そこで番兵に身分証などを提示し、ケレバンの街に入った私達は、取り敢えず今日の宿を求めて大通りを進んだ。ケレバンの街の中でも上等な宿に部屋を借りた私達はひとまず休息とする事にした。部屋割りは私とアリス、ミーシャとルノアが二人部屋、ミレイとティーダはそれぞれ一人部屋だ。荷を下ろし食堂に集まった私達は食事をしながら今後について話し合う。

「では、明日にでもカラード氏に面会を求める書状をお届けしておきます」

「ええ、任せるわ」

さて、そこはミレイに任せるとして面会までの時間に何をするかだ。普通の街ならば観光でもしていれば良いのだが、このケレバンの街はあまり観光には向いていない。いや、ある意味観光地なのだが、アリスやルノア達の教育上、よろしくない観光地だ。まぁ、全てが如何《いかが》わしい店と言うわけではないだろう。そういった店は街の中央部に集中しており、防壁に近い街の外側にはごく普通の食堂や冒険者《ぼうけんしゃ》向けの道具屋、各ギルドの支所なども存在している。明日は市場調査を兼《か》ねてその辺りを探索《たんさく》してみるのも良いかもしれない。

「明日は店を見て歩いてみるけど皆《み》んなはどうする？」

「アリスはママといっしょ！」

「あ、私もご一緒します」

「では私もエリー様達と」

ふむ、予想通りアリス、ルノア、ミーシャは私と来る様ね。

「私は予定の調整をいたします」

ミレイにはアポイント取りなどの雑務を任せる事になるか。

「私は……」

「ティーダは大丈夫よ」

「ちょ！　聞いてくれても良いじゃないッスか！」

ティーダはカジノだろう。もしくは酒場だ。

「羽目を外し過ぎたらダメよ」

「わ、分かってるッスよ、エリーさん達に迷惑《めいわく》は掛けないッス」

それからは旅の疲《つか》れもあり、食後は早々に休む事にした。アリスは興奮してなかなか寝《ね》なかったが、体力が切れたのか突然《とつぜん》眠《ねむ》ってしまった。子供とはよくわからないものだ。アリスにシーツを掛けてやりながら自分がアリスくらいの時分を思い出してみるが、その頃には既に王太子妃教育の一環として四六時中マナー講師に一挙手一投足を見張られて過ごしていたので参考にはならなかった。翌朝、宿で簡単な朝食を食べた後、私はアリス、ルノア、ミーシャを連れて宿を出た。ミレイはまだ宿に残っており、ティーダは早々に出て行ったらしい。

「皆、手を出して」

私は懐《ふところ》から取り出した小袋《こぶくろ》を三人へ手渡《てわた》した。中身は小銀貨が十枚ずつ入っている。子供のお小遣《こづか》いには少々高額だが、彼女達《かのじょたち》の将来を考えると、この程度の金額は使い慣れるべきだろう。

「この街に居る間のお小遣いよ。好きな物を買いなさい」

「ありがとうございます」

「ありがとうございます、エリー様」

「ありがとう、ママ？」

アリスはまだお金の使い方をキチンと覚えていない。知識としては教えているが、まだ実際に自分でお金を払《はら》って買い物をした事が無いのだ。この機会にその辺りも教えておきたいところだ。それからいくつかの店を回った。私は性分《しょうぶん》なのか、つい商品の値段や質などを見てしまう。ダメね。ワーカーホリックかしら？　アリス達は三人で楽しそうに小物を見て回っている。

「ママ～」

アリスが私を呼びながら駆《か》けてきた。

「あら、可愛いわね」

アリスの輝《かがや》く様な金髪《きんぱつ》は一房《ひとふさ》上げられてレースのリボンが結ばれていた。見ると三つ編みにしているルノアの髪《かみ》と、ミーシャの尻尾《しっぽ》にも同じリボンが結ばれていた。

「エリー会長、どうですか？　三人でお揃《そろ》いのリボンを買ったんです」

「私は結べる程《ほど》髪が長くないので尻尾に……」

「皆似合っているわ」

嬉《うれ》しそうにお互《たが》いのリボンを見合う三人を見て、私も自然と笑《え》みが溢《あふ》れた。それから次の店ではルノアが両親へのお土産《みやげ》に悩《なや》み、冒険者向けの武具屋でミーシャが真剣《しんけん》に短剣《たんけん》を品定めし、露天商《ろてんしょう》ではアリスの為にルノアが木彫《きぼ》り人形を値切ったりして、十分に街を見て回った。


そして日が傾《かたむ》き始める頃に、宿へと帰って来た。

「お帰りなさいませ」

「ただいま、そっちはどうだった？」

「はい、三日後の昼過ぎに面会出来る事になりました」

「そう、思ったよりも早いわね」

「そうですね。最低でも七日は待つ事になると思っていましたから」

アリスがルノア達の部屋に行っている間に、ミレイと商談について話し合う。

「カラード氏との商談は三日後、明後日は準備があるとして、明日は時間が取れるわね」

「そうですね。じゃあ、明日はミレイも一緒に市場に行きましょうか。この街の市場は思ったより規模が大きくて見どころが有ったわ」

くのだった。


「それは興味深いですね」

「ミレイが気に入りそうな物も有ったわよ」

　私とミレイの談笑《だんしょう》は船をこぐアリスがルノアとミーシャに連れられて戻《もど》ってくるまで続くのだった。


　翌日の昼過ぎに宿を出た私は、昨日のメンバーにミレイを加えた全員で市場を冷やかして歩いた。ケレバンの街は娯楽《ごらく》が集まるその特性上、多くの嗜好品《しこうひん》が販売《はんばい》されている。輸入品の小物を取り扱っている商店でミレイが商品の一つを熱心に見ていた。

「東の荒野《こうや》を越《こ》えた先に有る砂漠《さばく》の更に先に有る国で作られた茶器かしら？」

「はい。帝国や王国の白くスマートな茶器とは違い、彼の国の茶器は丸くずんぐりとしたフォルムで花や小鳥などが精緻《せいち》に描かれ、鮮《あざ》やかな色で彩色《さいしき》されているのが特徴《とくちょう》です」

　普段《ふだん》はあまり表情を表に出さないミレイが薄《うす》く微笑《ほほえ》みを浮かべている。ミレイの趣味《しゅみ》は茶器や珈琲《コーヒー》カップのコレクションだ。勿論《もちろん》、貴族が集める様な大仰《おおぎょう》なコレクションではないが、気に入った茶器などを市場などで見掛《みか》けると細々と買い集めていた。

「ミレイのコレクションは王国を出る時に置いて来てしまったのよね」

　私について来た事で、何年も掛けて集めた物を失ってしまった事は申し訳なく思う。

「お気になさらずに。最近では金銭的に余裕が出来たので少しずつ買い集めているのです」

当然、ミレイにもその働きに見合うだけの給金を渡しているのだが、ミレイは相変わらず茶器や珈琲カップを買い集めるくらいにしか使ってはいないようだ。ミレイは悩んだ末、砂漠の国の茶器を購入《こうにゅう》する事にしたらしい。いつも通りの表情に見えるが、長い付き合いである私には彼女が上機嫌《じょうきげん》である事が分かる。そして北大陸からの輸入品である小物細工を見ていた三人を呼び、少し早めの夕食を食べる事にする。店は宿の主人のおすすめのレストランだ。

「あの～エリー様、やはり私は……」

「良いのよ、気にせず入りなさい」

レストランの立派な建物に気遅《きおく》れしたのか、ミーシャが遠慮《えんりょ》しようとするが、私は気にせずミーシャの手を引いて入店する。最近は減っているが、偶にミーシャは奴隷の身分だからと遠慮しようとする事があった。

「やはり近い内に奴隷身分から解放するべきかしら？」

ルノアと二人おっかなびっくりとしながら私達についてくるミーシャを横目で見ながらミレイに小声で問う。

帝国法が定める奴隷身分からの解放に関する法では、奴隷の解放にはいくつかの条件がある。最も簡単なのは金銭での解放だ。私はミーシャに渡しているお小遣いとは別に、彼女の働きに応じた額を貯《た》めている。その金額が解放に必要な金額に達したら、奴隷身分から解放するつもりだ。

「法的にはエリー様がお金を出して解放しても良いのですが、ミーシャはそれでは納得《なっとく》しないかも知れませんね。獣人族《じゅうじんぞく》は全体的にプライドが高い気風がありますから」

「過度な施《ほどこ》しはミーシャを傷付ける事になるかも知れないわね」

「今度、セドリック氏に相談してみたらいかがでしょう？　彼ならその辺りの事も詳《くわ》しいでしょうし」

「そうね」

帝都《ていと》に戻ったらセドリックにアポイントを取って欲《ほ》しいとミレイに頼《たの》んだ所でこの話は切り上げて、案内された席で料理をいただく事にする。ケレバンの街は帝国一の歓楽街を擁するだけの事はあり、このレストランは多くの貴族が訪《おとず》れる高級店だ。従業員もそれに相応《ふさわ》しく教育の行き届いた対応をしていた。出される料理は帝国の伝統的な料理だが、その中でも新しい試みや工夫《くふう》が凝《こ》らされており料理人の向上心を感じさせる物だった。ルノアやミーシャはマナーを気にして落ち着かない様子だったが、これぱかりは慣れて貰《もら》うしかない。私は苦笑《くしょう》しながらアリスの口の周りに付いたソースを拭った。

レストランで夕食を楽しんだ後、早めに宿へ戻った私は、部屋でアリスやルノアに魔力《まりょく》操作を教えていた。

「その調子よルノア。魔力で自分の体を包み込む様にイメージして」

「はい」

「アリスは右手に集めた魔力を左手にゆっくり移動させてみなさい」

「う、うん」

ルノアに教えているのは身体強化の魔法、アリスに教えているのは魔力の基礎となる魔力操作だ。アリスには本人との相談の結果、水属性魔法を中心に教えている。すでにいくつかの魔法は会得《えとく》しているが、それは形だけの物で、威力《いりょく》は伴《ともな》っていない。その為、アリスには自力を上げる為の訓練をしているのだ。

私が二人に魔法を教えている頃、ミーシャはミレイに従者としての仕事を教わっている。今日は紅茶の淹《い》れ方《かた》をみっちり指導するとミレイは言っていた。そうして過ごした夜。アリス達が寝付《ねつ》いた後、深夜にはまだ少し早い時間に宿の食堂でミレイとワインを飲んでいると、宿の入り口からユラユラと揺れる人影《ひとかげ》が現れた。

「あっるれ～エリーしゃんとミレイしゃんじゃないッスかぁ～。珍《めずら》しいッスね～、こんな夜おしょくに～」

ご機嫌《きげん》に酔ったティーダである。

「もう、ベロベロじゃない」

「いくら治安がいい街とは言え、女性が泥酔《でいすい》して外を歩くのは危険ですよ。最近は良くない噂《うわさ》も有りますし」

ミレイが言うのは今日、外で聞いた噂だ。なんでも最近、怪しい人物を見たと言う話があるのだ。まぁ、こんな街だから怪しい人の一人や二人いてもおかしくは無いか。私とミレイは呆《あき》れながらティーダを支える。

「だ～いじょ～ぶッスよ～、ティーダちゃん、強いッスから…………うっぷ」

「ちょっ！　吐《は》くなら外で吐きなさい！」

「エリー様、外に運びましょう」

「そっとよ、そっと」

「うう……うっぷ」

ティーダを外の小川で吐かせたあと部屋へと放り込むのだった。

ヒルデとの商談当日、私とミレイは商談に向かう用意を整えて宿で軽食を取っていた。

「じゃあ、私とミレイは商談に行くから皆は好きにしていて良いわよ」

私はルノア達《たち》にそう伝えた。ルノアとミーシャにはアリスと共に過ごして貰う事にした。多少心配は有るが、ルノアとミーシャも十三歳だ。まだ成人はしていないが子供でもない。この年齢《ねんれい》なら一般的《いっぱんてき》な社会では冒険者として魔物を討伐《とうばつ》したり、見習いとして仕事をしていたり、貴族なら婚約《こんやく》相手の家で教育を受け始めたりするのが普通だ。この街は喧嘩《けんか》などのトラブルもあるが衛兵の巡回も多く治安は良い。過保護になるよりも自立心を養ってやるべきだろう。

「今日は正門前広場に行くんだったかしら?」

「はい、正門前広場に大道芸人が来ているそうなので行ってみます」

「その後は自由市場を少し見て戻るつもりです」

「そう、夕方までには帰って来なさいね。アリスはルノアとミーシャの言う事を聞いて良い子にしているのよ」

「うん」

元気に出かけて行く三人を見送り、私もミレイと共にヒルデの屋敷へ向かう。ちなみに昨夜もフラフラで帰って来たティーダだが、早朝には鼻歌を歌いながら出掛《でか》けていった。

ヒルデ・カラードの屋敷はアリス達が向かった正門前広場のちょうど反対側、裏門がある辺りにある。その辺りは煌《きら》びやかで賑《にぎ》わいのある街の印象とは違《ちが》い、代官の屋敷や会議場、役場など街の運営に関係する施設《しせつ》や公共施設などが有るエリアだ。ヒルデの屋敷は広く、帝都の貴族屋敷と比べても立派な建物だった。従者の控《ひか》えの間に案内されるミレイと別れ、応接室へ通された私を迎《むか》えたのは、薄いナイトドレスに透《す》ける様なストールを肩《かた》にかけた魔族の女性だった。魔族の証である角が側頭部から頭に沿うように額までまるでティアラの様に伸《の》びている。

「ようこそ。お久しぶりね、エリー会長」

「お久しぶりです、カラード議員」

「あら、そんなに畏《かしこ》まらないで良いわよ。ヒルデと呼んで頂戴《ちょうだい》」

「ふふ、ではヒルデと呼ばせて頂きますわ。私の事もエリーとお呼び下さい」

ヒルデは元娼婦《しょうふ》と言う経歴だが、その瞳《ひとみ》には深い知性と商売人としての油断ならない鋭《するど》い情熱が宿っていた。ヒルデと握手《あくしゅ》を交《か》わして座《すわ》った私は、用意していたチョコレートを勧《すす》める。

「へぇ、これが帝都で流行しているお菓子《かし》なのね？」

「ええ、ケーキやクッキーなど色々と応用出来ますわ」

「甘さの中にもほろ苦さが有るのね」

「甘さや苦さは調節可能ですわ。お酒に合うチョコレートも現在研究中です」

「面白いわね。それにこの造形の自由度は素晴《すば》らしいわ」

　ヒルデはチョコレート菓子に強い興味を持ってくれた。チョコレート菓子の利用法に関していくつかの情報を公開し場が温まった所で、私は今回の商談の目的を切り出した。

「さて今回お邪魔させて頂いたのはこのアクアシルクの商談が目的なのです」

　保存の魔法が掛かった箱から取り出したアクアシルクの生地《きじ》をヒルデに差し出した。アクアシルクは布地の形をした水と言っても過言ではない。指の隙間《すきま》から流れ落ちるかの様な不思議な手触《てざわ》りだ。ここ最近では王国から引き抜いた錬金術師《れんきんじゅつし》や研究者のおかげでアクアシルクに魔法効果を付与《ふよ》したり手触りや色などにバリエーションをつける事に成功していた。

「これは……本物のアクアシルク。製法が確立したと言う噂は本当だったのね」

「はい、既《すで》に本格的な生産の用意は整っていて、ある程度の量を確保出来ますわ。故に一部の高位貴族や有力者にお声を掛《か》けさせて頂いているのです」

「なるほど、これは久々に大きな取引となりそうね」

ヒルデとは直接ではないが、商会として既に化粧品《けしょうひん》関係で何度も取引をしている。その為《ため》、ある程度の駆け引きは有っても、そう争う事なく穏《おだ》やかに取引の話は纏《まと》まった。契約《けいやく》書《しょ》を交わし、一先《ひとま》ず交渉《こうしょう》を終えた私とヒルデはお互いの健闘《けんとう》を讃《たた》える様に談笑しながらチョコレート菓子を摘《つま》んでいた。

「ふふ、どうかしらエリー。良かったら今晩、夕食でも？」

「嬉しいお誘《さそ》いですが、義娘《ぎじょう》や弟子《でし》も居ますので」

「なら皆さんご一緒ならどう？」

「そういう事なら喜んで」

ヒルデからの誘いを受けた私が、一度お暇する為に腰《こし》を上げた時だ。廊下《ろうか》から何やら騒《さわ》がしい声が聞こえて来た。ヒルデと視線を合わせ、二人同時に扉に視線を向ける。すると扉が勢いよく開かれ、メイドや執事《しつじ》に止められるのを振《ふ》り切りミレイが応接室へ飛び込んで来た。

「ミレイ⁉」

「エリー様、大変です！　アリスとルノアが！」

「落ち着いて、ミレイ。何があったの？」

ミレイの肩を押さえて落ち着ける様にして尋ねる。荒い息を整える様に深く呼吸したミレイは手短に状況《じょうきょう》を報告する。

「アリスとルノアが何者かに拐われました。犯人と交戦したミーシャは重傷です」

「なっ⁉」

私は飛び出しそうになる足を気力で押さえ付けミレイに問う。

「ミーシャは何処《どこ》に？」

「この屋敷の一室を借りて手当を受けています。こちらです」

駆け出すミレイを追う様に私も走り出す。その背後でヒルデもこちらに付いて来ていた。

「ミーシャ！」

その部屋に飛び込む様に入ると、ソファに寝かされたミーシャを治癒魔導師《ちゆまどうし》らしき初老の男性が治療《ちりょう》していた。

「ローレンス。その子の容体は？」

ヒルデが初老の治癒魔導師に尋ねる。

「良くありませんな。切り傷に骨折も多数、右眼《みぎめ》は潰《つぶ》れ、内臓も傷付いています。私の魔《ま》法《ほう》では治療は難しい」

ミーシャは身体中《からだじゅう》にナイフで斬《き》りつけられた様な傷が走り止血に当てられた布を血で真っ赤に染めている。更には頬や腕《うで》、胴《どう》などが内出血で赤黒く変色しており、顔にも右目を断《た》ち切る様に大きな裂傷《れっしょう》があり、大量に出血している。

「これは……」

ヒルデがその惨状《さんじょう》を見て言葉を飲《の》み込む。どう見ても致命傷《ちめいしょう》で持って数時間。直《す》ぐにでも上級治癒魔法が使える治癒魔導師に治療されなければ確実に死ぬ傷だ。

「退いて！」

私は初老の治癒魔導師を押《お》し退《の》ける様にミーシャに駆け寄る。

「神器【暴食の魔導書《グリモア・ベルゼブブ》】」

直ぐに神器を発動したわたしはミーシャを治療する。

「【上級治癒《ハイ・ヒール》】」

ヒルデと初老の治癒魔導師が驚《おどろ》き息を呑《の》む気配を感じるが今はそれどころではない。

「う……エ、エリー様……」

「ミーシャ！　まだ起きちゃダメよ。傷は塞がっているけど失った血は魔法では戻らないわ」

「エリー様……アリス様とルノア様が……」

「ええ、聞いたわ。良く知らせてくれたわね」

「私……守れなくて……」

ミーシャは何かを握った右手を差し出してくる。先日買ったリボンだ。ミーシャがその身に起きた事を説明する。

「大丈夫よ、アリスとルノアの事は私に任せて休みなさい」

私が頭を撫《な》でるとミーシャは一雫《しずく》だけ涙を流して気を失った。私は眠《ねむ》ったミーシャの手に握られていたリボンを抜き取る。金糸の様な髪が数本絡《から》まっている。アリスのリボンだ。アリスはルノアやミーシャとお揃いのリボンが嬉しいらしく、リボンを買ってからずっと身に着けていた。髪に癖《くせ》が付くと言っても聞かず、寝る時も着けたままにしていた程《ほど》だ。

「ミレイ。ミーシャをお願い」

「畏まりました」

ミーシャの事をミレイに任せ、ミレイがミーシャから聞いた情報を受け取った私は、直ぐ様踵《きびす》を返す。

「エリー」

「ヒルデ。申し訳ないけど食事はまたの機会に」

「待って！　私も行くわ」

「……」

「この街で私の客人が被害《ひがい》を受けたのよ。このまま黙《だま》っている訳には行かないわ」

ヒルデの瞳には明らかに怒《いか》りの色が浮《う》かんでいる。

「良いわ、なら急ぎましょう」

屋敷の玄関《げんかん》に向かいながらヒルデは使用人達に矢継《やつ》ぎ早《ばや》に指示を出す。

「街の全《すべ》ての門を封鎖《ふうさ》して」

「はい」

「従魔を飛ばして各所に連絡《れんらく》を！　住人には外出禁止令を出して、怪しい奴《やつ》には身元の確《かく》認《にん》を。抵抗《ていこう》するなら捕縛《ほばく》を許可するわ」

「畏まりました」

「ヒルデ様、馬車の用意が出来ました」

「ありがとう。エリー、馬車に……」

「必要無いわ」

「え？」

「走った方が早いから」

私は玄関を出ると同時に身体強化を発動させる。私の魔力であれば、短時間なら馬より速く駆ける事が出来る。

「エリー！」

ヒルデの声を置き去りに、私は石畳《いしだたみ》を踏《ふ》み砕き駆けた。ヒルデが指示した緊急《きんきゅう》配備の為に衛兵達が住人達に退避《たいひ》を促《うなが》しているが、まだ多くの人々が通りに屯している。その間をすり抜ける様にミーシャが襲《おそ》われた正門前広場へ向かう。周囲の景色が高速で背後に流れるなか、不意に横から声が掛かる。

「エリー。落ち着いて」

「ヒルデ……」

横目で見ると、ナイトドレス姿のヒルデが私の直ぐ横を並走していた。ヒルデは私と同等かそれ以上の身体強化魔法を使っていた。彼女《かのじょ》の種族である魔族は魔力、身体能力共に人族を上回り、かつては魔王《まおう》に率いられ世界を支配するべく人族やエルフ、ドワーフ、獣人などの人種と争っていた種族だ。今では他《ほか》の種族とも友好的な関係を築いているが、一部の国や地域では未《いま》だに忌《い》み嫌《きら》われる。その魔族として見てもヒルデの魔力は高い。全力で強化している私の身体能力に問題無く追いついて来た事からもそれは明らかだ。

「正門前広場へ行くなら中央区を通り抜ける方が早いわ。こっちよ」

そう言って先導するヒルデの後を追い、夕日が照らす街中を駆け抜けて行った。

◆

エリー達がヒルデとの商談の為に出発した後、ルノアとミーシャはアリスを連れて正門前広場へと向かった。

「アリスちゃん、今日は大道芸人が来ているらしいよ」

「〝だいどうげいにん〟ってなぁに？」

「曲芸やパントマイムなどの芸を披露《ひろう》する人の事ですよ。アリス様」

「うん？」

「ふふ、もう直ぐそこだから見た方が早いよ」

「あ、ルノア様！　走ると危ないですよ」

そう言ってルノアがアリスの手を引いて路地から広場へと飛び出して行くのをミーシャは慌《あわ》てて追いかけた。

「わ！　すご～い！」

アリスは五本の短剣を使って器用にジャグリングする女性に歓声《かんせい》をあげ、周囲の観客と共に拍手《はくしゅ》を送る。火吹《ふ》きやパントマイム、玉乗りと、広場で様々な曲芸を楽しんだ三人は広場の近くの屋台で簡単に早めの昼食を済ませた後、隣《となり》の区画にある自由市場へと足を伸ばしていた。自由市場とは行商人や個人などが一律の税を納める事で一日限りの営業許可を受け、売買を行う事が出来る場所だ。詐欺紛《さぎまが》いの商売人も居るが、稀《まれ》に掘《ほ》り出し物やその地域では見かけない珍品《ちんぴん》が売りに出される事がある。それらの品々を見て回るだけでも楽しく、三人で数々の露店《ろてん》を冷やかして回った。

「あれ？」

そして太陽が中天を過ぎた頃の事だ。初めにその異変に気づいたのはミーシャだった。

「どうしたの、ミーシャちゃん？」

「いえ……なんだか妙《みょう》な……」

ミーシャが周囲を見回し、僅《わず》かに抱いた違和感《いわかん》の正体を見定めようとする。

欠けた石畳……ベランダに吊《つ》るされた洗濯物《せんたくもの》……一段下を流れる川……商品が並べられたシート……無人の屋台……捨てられた串《くし》……古ぼけた街灯…………。

「…………人が…………居ない⁉」

それに気づいた時、ミーシャの耳と尻尾の毛が逆立った。

「ルノア様！　アリス様！」

「え？」

「どうしたの、ミーシャお姉ちゃん？」

「走って下さい！　これは人払《ひとばら》いの魔ほ、ぐっ！」

ミーシャがルノアとアリスの手を取り走ろうとしたが、そのミーシャは腹部を蹴《け》られ、数メートル先へ飛ばされた。

「く、げほ」

「ちっ！　勘《かん》のいい奴だ」

ミーシャを蹴り飛ばした男は舌打ちしながらルノアの腕を捕《つか》まえる。更《さら》に男の仲間らしき男が二人現れ、その内の一人がアリスを捕《と》らえていた。

「ルノア様！　アリス様！」

「うぅ⁉　うぐぅう！」

アリスを捕らえていた男が暴れるアリスの口を布で覆《おお》うとアリスは全身から力が抜け意識を失ってしまう。

「アリスちゃん！　荒野を走る疾風《しっぷう》　荒《あら》ぶる風を束ねて剣《けん》を、うぐ⁉」

ルノアが魔法を使おうと詠唱《えいしょう》するがそれに気付いた男が直ぐに口を塞《ふさ》ぐ。

「ちっ！　【風刃《エア・スラッシュ》】の詠唱だ。このガキ、魔導師か。おい、早く薬を寄越《よこ》せ！」

「このガキ！」

ミーシャは脚に魔力を纏うと懐から取り出した短剣を構えて地を滑《すべ》る様に駆け出す。

「ふっ！」

ミーシャを殴《なぐ》ろうと振るわれた拳《こぶし》を躱《かわ》し、短剣で男の腕を撫でる様に斬りつける。相手の腕の太さから筋肉を断つ事は難しいと判断したミーシャはなるべく広く傷をつけるように刃を振るった。

「ぐぁ！」

「ちっ、グズが！　ガキ相手に何やってんだ！」

「おい、ガキ！　動くんじゃねぇ！」

アリスを捕らえていた男がナイフを取り出しアリスの喉元《のどもと》に突《つ》き付ける。その隣では薬を嗅《か》がされたルノアが意識を失う所だった。

「アリス様！」

「動けばこのガキを殺す」

「…………っ⁉」

ミーシャはギリリと奥歯《おくば》を噛《か》み男達を睨《にら》みつける。

「このクソガキがぁ！」

「きゃっ！」

腕を斬りつけられた男がミーシャを殴りつけ、倒《たお》れ込《こ》んだミーシャを何度も踏みつける。肉を打つ音と、骨が折れる不快な音が人気のない路地に響《ひび》く。

「テメェ……舐《な》めた真似《まね》をしてくれたな」

「ぐぅう！」

男はミーシャが取り落とした短剣を拾い上げると、嬲《なぶ》るようにミーシャの体を斬りつける。

「ガキが調子に乗ってんじゃねぇ！」

男はミーシャの髪を掴《つか》み上げると、短剣をミーシャの右目の上に当て、一息に切り裂《さ》いた。

「あぁぁぁあ！」

ミーシャの悲鳴と共に血飛沫《ちしぶき》が石畳を赤く染める。

「おい！　そろそろ人払いが切れる」

「ちっ！　クソが！　このガキはいらねぇんだろ？」

「ああ、猫人族《ねこじん》は魔力が低いからな」

「へっ！　じゃあ殺して構わねぇ……な！」

「がっはっ！」

男は血の中に転がるミーシャの腹を蹴り飛ばす。口から血を吐きながら転がるミーシャは川に架かる橋の欄干《らんかん》に当たって止まる。

「うっ……ぐっ！」

ミーシャは朦朧《もうろう》とする意識の中、石造りの欄干を支えにフラフラと立ち上がると、よろける様に歩きすぐ側の川へと真っ逆さまに落ちた。

「あ！　待て！」

「もう時間がない、行くぞ」

「だが……」

「あの怪我《けが》で川に落ちたら助からねぇよ」

「クソ！」

男達が去ってから少し後、岸に這《は》い上がった血だらけのミーシャはその場に落ちていたリボンを無意識の内に拾い上げる。

「…………エ、エリー様……」

ミーシャは激痛に耐《た》えて身体強化を使うとエリーの下へと駆け出した。無意識の内に全身を包むイメージで魔力を纏う事で出血を抑《おさ》えたミーシャは少しでも早く走る為に建物の屋根を一直線に疾走《しっそう》するのだった。

◇

ケレバンの街の中央を横断する様に正門前広場に到着《とうちゃく》した私とヒルデは、そこから隣の区画にある自由市場へ向かう。アリス達が捌われたのは自由市場の端《はし》の辺りらしい。そこでは商品を広げていた商人達が衛兵隊に誘導《ゆうどう》され、チェックを受けた者から別の場所に連れて行かれていた。非常に手際《てぎわ》が良い。

「エリー。これを見て」

ヒルデがしゃがみこんで地面に落ちていた何かを拾い上げた。小さな紙切れに見えるそれには魔力の残滓《ざんし》が付いている。

「これは……スクロールの切れ端ね」

スクロールは使用した後燃えて無くなる。しかし、粗悪《そあく》なスクロールだとこうして燃えカスが残る場合がある。

「残っている魔力から考えて、おそらく闇《やみ》属性の魔法が込められていたようね」

「闇属性……【人払い《アンマアンドウ》】かしら？　ミーシャが突然《とつぜん》周囲から人の気配が消えたと言っていたわ」

私は左手に魔力を集める。

「【怠惰の魔導書《グリモア・ベルフエゴール》】」

神器を作り出すと同時に懐から取り出したナイフで自分の左の手首を切る。勢いよく吹き出す血飛沫にヒルデが目を剥《む》き驚きの声を上げた。

「エリー⁉」

「大丈夫《だいじょうぶ》よ」

私の血が石畳に血溜《だ》まりを作り出した所で、水属性の治癒魔法で傷を塞ぎながら詠唱を始める。

「冥府を駆ける四足の眷属《けんぞく》よ　焼け焦《こ》げた荒野の支配者　群れなす悪夢の一翼《いちよく》よ　我、契約《けいやく》に従い我《わ》が血潮を贄として捧《ささ》げる【召喚《しょうかん》：ヘル・ハウンド】」

私の血が蠢《うごめ》き石畳に魔法陣《じん》を描《えが》き出す。その魔法陣から這い出て来たのは一体の獣《けもの》。黒い体毛に、背中から尾《お》まで走る赤い毛と鋭い牙《きば》を持つ体長約二メートルの四足獣ヘル・ハウンドだ。

「まさか……冥界《めいかい》の魔物《まもの》？」

「ええ、私の神器の能力で契約しているヘル・ハウンドよ」

アリスのリボンを取り出しヘル・ハウンドの鼻先へと近づける。ヘル・ハウンドは非常に嗅覚《きゅうかく》が優《すぐ》れた魔物だ。数十キロ先の獲物《えもの》の匂《にお》いを嗅ぎ取ることが出来る。その嗅覚を使えば拐われたアリスを追う事も出来るはずだ。

「この匂いを追うのよ」

「グルゥ」

ヘル・ハウンドは数度リボンの近くで鼻をヒクヒクさせると、クルリと踵《きびす》を返し地面の匂いを嗅ぎながら歩き始めた。狩猟犬《しゅりょうけん》にしては大仰な魔物だがアリス達の後を追えるなら問題は無い。私とヒルデがヘル・ハウンドの先導で進むと水で雑に流されているが明らかに血の跡《あと》が広がる戦闘痕《せんとうあと》を見つけた。

「此処《ここ》があの猫人族の娘が襲われた場所で間違《まちが》いないみたいね」

「そうね。ミーシャが落ちたのは多分あそこでしょう。ヘル・ハウンド、匂いの強い方を追うのよ」

「バゥ！」

ヘル・ハウンドが短く鳴いて歩き始め、私達もそれに続く。衛兵が住民を移しているおかげで人は居ないが、偶《たま》に建物の中から外を窺《うかが》う人がヘル・ハウンドの姿を見て慌てて板窓を閉める姿も見える。後ほど住民への説明はヒルデに任せるしかないわね。

そうして、アリスの匂いを辿《たど》ると一件の民家へと到着した。

「此処なの？」

「グルゥ」

見た目は何の変哲《へんてつ》もない民家だ。それなりに大きな家だが貴族の屋敷《やしき》と言う程ではない。裕福《ゆうふく》な庶民《しょみん》の家と言った感じか。中の気配を探《さぐ》ってみるが一人分の気配が有るだけだった。

「私が行くわ」

ドアを蹴破《けやぶ》ろうとした私を押しとどめてヒルデがノッカーをコツコツと叩《たた》く。

「はい？」

出て来たのはこれまた何処にでもいそうな普通《ふつう》の男だった。

「邪魔《じゃま》するわ」

「え？　え？　ヒルデ様？」

ヒルデは男が開けたドアを閉じられない様に押さえて強引《ごういん》に開く。

「ちょ、こ、困ります！　ヒルデ様、一体何が？」

「貴方《あなた》には誘拐《ゆうかい》事件への関与《かんよ》が疑われているわ。大人しく捜査《そうさ》に協力しなさい」

「ちょ、ちょっとお待ち下さい！　誘拐？　私が？　私は代官様の意を受けている上級執《しっ》政《せい》官ですよ！　いくらヒルデ様でもそんな横暴は……」

男は何かを言い切る前にその場に崩《くず》れ落ちた。僅かに魔力が動いたのを感じたので、多分ヒルデが魔法で何かをしたのだろう。先程《さきほど》の身体強化もそうだったが、彼女の魔法は魔力のロスがほとんどない。通常、魔力を使用して魔法を発動する際はロスがあるものだ。

このロスは魔力の操作が熟達する程少なくなり、比例して魔力の消費が抑えられ、また魔法の気配を気取られ難《にく》くなる。察するに魔法の腕に関しては私よりもヒルデの方が上のようだ。私達は意識を失った家主の男を適当に端に転がし、家に上がり込む。

「良かったの？　あの男、代官と何か関係が有ったみたいだけど」

「仕方ないわ。私がやらないと貴女《あなた》、あの男を殺すつもりだったでしょ？」

「…………」

私はその問いに沈黙《ちんもく》を以て答えた。元娼婦から商才で今の地位にまで登《のぼ》り詰《つ》めた女傑《じょけつ》と言う話だったけど、戦闘《せんとう》面に関しても予想以上の手練《てだ》れのようだ。

大きな身体で窮屈《きゅうくつ》そうにしてなお入り口を破壊《はかい》しながら部屋に入ったヘル・ハウンドに匂いを探らせると、居間の中央の床《ゆか》をガリガリと引っ掻《か》き始めた。ヘル・ハウンドを下がらせて床を数回蹴り音の反響《はんきょう》を感じ取る。

「この下に空洞《くうどう》が有るわね」

「ヒルデ。少し下がってもらえる？」

何処《どこ》かに何かの仕掛《しか》けが有るのだろうが、私はそれを探す時間を惜《お》しんだ。ヒルデが部屋の隅《すみ》に移動するのを確認して【強欲の魔導書《グリモア・マモン》】から取り出しておいた剣を抜《ぬ》く。フリューゲルはまだ再生できていないので、この剣を帝都で購入したのだ。剣に魔力を纏わせ床を斬る。すると、崩れた床から階段が現れた。どうやら階段の下は通路になっているようで、少し覗《のぞ》き込んでみたがかなり先まで続いている。地下通路は狭《せま》く、私やヒルデは兎《と》も角《かく》ヘル・ハウンドは流石《さすが》に通り抜ける事が出来ないので冥界へと送還《そうかん》し、薄暗《うすぐら》い通路を二人で進む事になった。

「あの男、代官と繋《つな》がりが有ると言っていたわね」

壁《かべ》に掛けられていたマジックアイテムのランタンを手に取り罠《わな》を警戒《けいかい》しながら進んでいるとヒルデがそう切り出した。

「ええ、何か知っているの？」

「代官のブルタスは最近妙に金回りが良いのよ。私の経営する娼館の一つに、毎週の様にやって来ては人気の娼婦を買って行くの。貴族がたまの贅沢《ぜいたく》、平民が一生に一度の思い出に訪れる様な高級娼館よ。とても代官程度の給金で豪遊《ごうゆう》出来る物ではないわ。何かしら表に出せない金を得ていると思って調べを進めていたのだけれど、もしかしてこの誘拐事件に何か関係が有るのかも知れないわ」

「誘拐……確かケレバンの街に来る前に、街道《かいどう》で誘拐事件について調べている聖騎《き》士《し》に会ったわね」

「ええ、このケレバンの周囲の街でも多くの行方《ゆくえ》不明者が出ていると聞いているわ。ケレバンの街ではあまり報告に上がらないけど、孤児《こじ》や旅人を狙《ねら》い被害が出ていても代官が握《にぎ》り潰していたのかもしれないわ」

小声で話す私達の声が薄暗い通路に反響する。変《か》わり映《ば》えのしない通路は途中《とちゅう》に分岐《ぶんき》などはなく真《ま》っ直《す》ぐに続いている。

「もうかなり歩いたわよね？」

「そうね。体感だけど既にケレバンの街を出ていると思うわ」

「街の外に拠点《きょてん》が？」

「ケレバンの街の周囲の岩石地帯には古王国時代の遺跡《いせき》が有るのよ」

「まさか……ダンジョン？」

「いいえ、ただの古びた遺跡よ。ただその内のいくつかはイブリス教の聖地に指定されているから人の出入りがあっても不審《ふしん》には思われないわ」

そう言っている内に地上へ上がる階段を見つけ、罠や警報の類《たぐ》いが無い事を慎重《しんちょう》に調べてから登ると鉄製の扉《とびら》で塞がれた出口を発見した。そっと窺《うかが》うと外に二人の気配を感じる。ヒルデに視線を向けると彼女は音も無く鉄扉《てっぴ》に忍《しの》び寄ると軽く指を振る。すると、扉の外から何かが倒れる音が二度響《ひび》いた。

「大丈夫よ」

ヒルデの言葉に頷《うなず》きで返すと、私は鉄扉の取っ手に手を掛け押し開いた。外は既に陽が落ちている時間だが、その場は燭台《しょくだい》に火が灯《とも》されており視界は確保されていた。石造りの通路は、いつかのダンジョンの中を思わせる雰囲気《ふんいき》だ。私達が出て来た扉の左右に通路があり、右は少し進んで行き止まりとなっていて、左は別の通路と合流していた。側には二人の男が倒れている。ヒルデの魔法で意識を奪《うば》われた見張りだろう。

「え？　コイツら……」

私はその男達の格好に僅かに驚きを表した。男達が身に着けていたのは法衣《ほうえ》であり、首から下げているのはイブリス教の聖職者の証である聖印だ。

「聖職者？」

「此処は……まさか⁉」

ヒルデもその男達の姿と、周囲を見回して目を見開く。

「此処は旧ケレリア神殿跡《しんでんあと》……ケレバンの街の外に有るイブリス教の聖地の一つよ！」

◆

ルノアが目を覚ますと、口を塞がれ両手両足は縄《なわ》で縛《しば》られており、身動きの出来ない状態で男の肩に荷物の様に担《かつ》がれていた。

「んぐっ⁉」

「ん？　ちっ！　起きたか。薬の効きが悪いな。おい、クソガキ。大人しくしていろ。妙な真似をすれば金髪《きんぱつ》のガキを殺す」

「ん⁉」

何とか視線を動かせばもう一人の男に担がれた意識の無いアリスの姿が見える。今は抵抗しない方がいいと思ったルノアは、取り敢《あ》えず周囲を観察する。どうやら石造りの遺跡か何かの様に見えた。

「おらっ！　此処で大人しくしていろ」

「ぐっ！」

牢《ろう》となっている場所で鉄格子《てつごうし》を開いた男達は、中にルノアとアリスを放り込み壁に取り付けられた長い鎖《くさり》を手繰《たぐ》り寄せてルノアとアリスの足に取り付けた。鎖の長さは牢の中なら動けるが、外には出られない長さだ。

「おっと、お前にはコレを付けとかないとな」

そのまま鉄格子を閉めようとした男だが、何かを思い出した様に牢の壁際の机から首輪を持ってきてルノアの首に取り付けた。

「コイツはハルドリア王国で作られた魔導師用の枷《かせ》だ。これを付けていれば魔法は使えない。無駄《むだ》な抵抗はせずに大人しくしていろ」

そう言い残して男達は鍵《かぎ》を閉めて出て行った。

「ん！　んぐぅ⁉」

何とかアリスの様子を見ようと地面を這うルノアだったが、不意に背後に気配を感じた。

「ん⁉」

「騒ぐな。今縄を解いてやる」

声の方を振り向くと、ルノアと同じように鎖に繋がれた少年が縄を解こうと手を伸ばしていた。歳《とし》はルノアより少し上だろうか？　薄汚《うすよご》れた服を着ている肌《はだ》が日に焼けた少年だった。落ち着いて見れば少年の背後にも同じ様に鎖に繋がれた数人分の人影《ひとかげ》が見えた。

「よし、解けたぞ」

「あ、ありがとうございます」

ルノアはお礼の言葉もそこそこにアリスに駆《か》け寄り様子を見る。見たところ外傷は無い。眠っているだけの様だ。

「そっちの子は大丈夫か？」

「………分かりません」

「多分、薬で眠らされているだけだ。同じ様に眠らされていた奴も居たが直ぐに目を覚ましたからな」

「そう……ですか」

ルノアはアリスを抱《だ》き寄せる。

「俺《おれ》はナナキだ。お前は？」

「ルノア……です」

ルノアは不安になる心を押し殺してナナキと名乗る目の前の少年に尋《たず》ねる。

「あ、あの、此処は何処なんですか？」

「分からねぇ。俺も……」

ナナキは背後にチラリと視線を向ける。

「……コイツらも拐われて来たんだ。ケレバンの街で拐われた奴の話では、何処かの家の床下の隠《かく》し通路を通って来たって話だ。他にも他国で拐われて連れてこられた奴も居るな」

「…………つまり、此処はまだケレバンの街の中……少なくともケレバンの街の近くなんですね」

「ああ、そう離《はな》れてはいない筈《はず》だ」

ルノアは眠るアリスの頭を撫でながら考える。

「此処がまだケレバンの街の近くなら私とアリスちゃんがいなくなった事にエリー会長達《たち》が気づいてくれるはず。助けを待てば…………それよりミーシャちゃんはどうなったの？私が意識を失う直前……思い出せる限りでは誘拐犯《ゆうかいはん》と互角《ごかく》に戦っていた。でも私とアリスちゃんが此処に連れてこられているって事はミーシャちゃんが負けたと言う事……でもミーシャちゃんならきっと逃《に》げ切ってエリー会長達に知らせてくれている…………なら、今私がやるべき事は……アリスちゃんを守りながら最善を尽《つ》くす……」

「うぅ……う？」

ルノアの呟《つぶや》きに反応したのか、はたまた薬が切れただけなのかは分からないがアリスが意識を取り戻《もど》した。

「アリスちゃん！」

「う……ルノアお姉ちゃん？」

「気が付いたのね。何処か痛いところはある？」

「だ、大丈夫だよ」

不安げに周囲を見回すアリスの背中を安心させる様に撫でながらゆっくりと話しかける。

アリスが目を覚ました事に誘拐犯が気づく事を警戒して扉の方を見るが何の反応も無い。

「ナナキさん、誘拐犯は見張りを置いていないのですか？」

「あ、ああ。いつも新しい奴を鎖に繋いだら直ぐに居なくなる。此処に来るのは新しい奴を連れてくるか、誰《だれ》かを連れ出す時だけだ。あと、俺の事はナナキで良い。さん付けとかムズムズするからな」

「わ、分かりました。兎に角、此処に居るのは不味《まず》いと思います。脱出《だっしゅつ》しましょう」

「どうやってだ？　俺も石で叩いてみたり、引っ張ってみたりしたが鎖は外れなかったぞ」

「………」

ルノアは自分の足に繋がる鎖に手を向ける。

「荒野《こうや》を走る疾風　荒ぶる風を束ねて剣を打つ【風刃】」

ルノアの手に魔力《まりょく》が集まるが魔法として発動する前に霧散《むさん》してしまった。

「ルノアは魔導師なのか。だが無駄だぜ。さっきの誘拐犯が言ってたろ。お前の首に付いている首輪は魔法を封《ふう》じる効果があるらしい。向こうにも一人、同じのをつけられてる奴が居る」

ナナキが示した方を見るとルノアと同年代の少し身なりの良い少女の首に首輪が付けられていた。ルノアはアリスの手を引きながらその少女の側に寄り話し掛《か》ける。

「ごめんなさい、その首輪を少し見せて貰《もら》えますか？」

「え、う、うん」

ルノアは少女の首輪をマジマジと見る。そんなルノアをナナキが背後から興味深げに覗き込んでいた。

「何か分かるのか？」

「はい。これはハルドリア王国で開発された魔封《まふう》じの枷です。古王国時代のマジックアイテムを復元した物らしいのですけれど…………おかしいですね」

「……何処がおかしいんだ？」

ナナキが首を傾《かし》げた。ルノアの固有魔法である【物品鑑定《アイテム・アナライズ》】はその性質上、幅広《はばひろ》い知識が求められる。その為《ため》、ルノアはエリーやミレイに習う他、多数の家庭教師を付けて貰い、多くの知識を吸収していた。その知識が目の前の首輪の不自然さを教えてくれている。

「魔封じの枷は製造から廃棄《はいき》まで全て国の管理下に置かれています。他国の政府に輸出する場合も全てにシリアルナンバーを振《ふ》って厳重に管理するんです。でもこの魔封じの枷にはそのシリアルナンバーが有りません。それに側面に刻まれた魔法陣も僅かに歪《ゆが》んでいます。多分、模造品……いえ、正規に製造された物の内、耐久魔力量《たいきゅうまりょく》が規定に達していない欠陥《けっかん》品が非正規ルートで闇に流れた物だと思います」

「耐久魔力量？」

「魔封じの枷は魔力を使えなくする物ではないのです。魔法を使う為に放出した魔力を強制的に吸収して放出するのですが、その吸収可能な魔力の量には限界があるんです」

ナナキを始め、周囲の少年少女達は、ルノアの説明を理解できなかったのか、戸惑《とまど》った表情を浮かべた。

「これくらいの耐久魔力量なら…………アリスちゃん」

「なに？」

「私の首輪に魔力を流して。此処！　この魔法陣の部分に思いっきり」

アリスは早々に薬で意識を奪われた為、魔法が使える事が知られておらず魔封じの枷をつけられていなかった。もっとも、アリスくらいの年齢《ねんれい》でまともに魔法が使えるレベルの魔力操作力を持つ者など殆《ほとん》どいない。誘拐犯がアリスが魔法を使える事に気付かないのは無理からぬ事だった。

「い、いくよ？」

アリスがルノアの首輪の魔法陣に手を添《そ》えて、ルノアが頷くと同時に魔力を込めた。アリスの魔力操作の能力は実践《じっせん》レベルには達していないが、その身に宿す魔力の総量はかなり多い。グングン吸い取られ霧散して行くアリスの魔力だったが、次第《しだい》にルノアの首の枷の処理能力が追いつかなくなり熱を持ち始め、罅《ひび》が入ったと思うとパキリと甲高《かんだか》い音と共に割れて地面に落ちた。

「「おお！」」

牢に居た少年少女達が小さく歓声を上げる。事前にナナキに静かにする様に言われてなかったら叫《さけ》んでいただろう。

「っう……」

「おい！　ルノア！」

「ルノアお姉ちゃん！」

「だ、大丈夫……」

一方でルノアの方も首に少し傷を負っていた。首輪の破片《はへん》で切ったのか、はたまた余剰《よじょう》魔力の所為《しょい》なのかは分からない。

「鳴り響け福音《ふくいん》の鐘《かね》　その音は遠く　春風に乗って【癒しの風《ヒール・ウィンド》】」

ルノアは唯一《ゆいいつ》使える風属性の治癒《ちゆ》魔法を唱えた。風属性の治癒魔法は広範囲《こうはんい》治癒や遠隔《えんかく》治癒《ちゆ》に特化しており、回復力では光属性には遠く及《およ》ばない。更に言えば未熟なルノアの魔法では完治する事は出来ず、首には赤い跡が残っている。

「ルノア大丈夫か？」

「はい。一応傷は塞ぎました。少し痛みますけど大丈夫です」

「ルノアお姉ちゃん……」

「大丈夫よ。アリスちゃん」

ルノアは差し出されたナナキの手を取って立ち上がる。

「私達は此処を脱出します。皆《みな》さんはどうしますか？」

「…………」

ナナキは他の捕らわれている者達の顔を見てから強く頷いた。

「俺も行くぜ！　このまま此処に居れば何をされるか分からない」

ナナキの言葉に反応し、他の者達もお互《たが》いに顔を見合わせたり、頷き合った後、次々に立ち上がった。

「荒野を走る疾風　荒ぶる風を束ねて剣を打つ【風刃】」

継《つ》ぎ目《め》を狙って器用に放たれた風の刃によって少女を拘束《こうそく》していた鎖は断《た》ち切られる。

「彼女で最後ですね」

「ああ」

ナナキは鎖の切れた足枷《あしかせ》を付けた少女に手を貸しながらルノアの言葉に応えた。

「では次はこの牢の鍵ですね」

「出来るのか？　牢には鎖の様に継ぎ目なんて無いぞ？」

「大丈夫だと思います。鍵穴《かぎあな》の部分は他に比べて脆弱《ぜいじゃく》ですから。そこに効果範囲《はんい》を絞《しぼ》り込んだ魔法をピンポイントで打ち込めば破壊出来る筈です」

ルノアは牢にある小さな鍵穴に指を当てる。

「逆巻く烈風《れっぷう》　巨人《きょじん》の息吹《いぶき》たる嵐《あらし》　矮小《わいしょう》なる者を撃《う》ち砕《くだ》く審判《しんぱん》の風　天に渦巻《うずま》き荒野を駆けよ【万物を粉砕せし斬風《ブレイド・テンペスト》】」

小さな鍵穴に込められた魔力が一気に魔法へと変換《へんかん》され、行き場を失った暴風が頑丈《がんじょう》な鉄を切り刻む。錠《じょう》が内側から破壊された牢は、力なくその扉を開いた。

「す、すげぇ！」

「うぅ……」

「ルノアお姉ちゃん！」

「ルノア！」

「大丈夫……一度に大量の魔力を使ったから負担が大きかっただけです。【万物を粉砕せし斬風】は風属性の最上級魔法。私は不完全にしか使えないから……ただでさえかなりの魔力を使うのに、制御《せいぎょ》出来ずに無駄に魔力を消費してしまうんです。その上、威力《いりょく》も本来の物よりかなり落ちます」

しかし、ルノアの習得している魔法は身体強化や魔法障壁《しょうへき》の様な無属性の基礎《きそ》魔法と固有魔法の【物品鑑定】、そして風属性魔法である。風属性魔法は速度や鋭《するど》さに優れる反面、硬《かた》い物を破壊する様な純粋《じゅんすい》な攻撃力《こうげきりょく》は低い。魔力を無駄にしようと、不完全な【万物を粉砕せし斬風】を使わざるを得なかった。荒くなる息を整えたルノアはアリスの手を握りナナキに目を向ける。その視線を受け止めたナナキは頷き、開いた牢の扉を更に押《お》し開けた。

「行こう！」

ナナキに付いて牢を出たルノアは、廊下《ろうか》に繋がる扉に耳を当て外の様子を探るナナキの合図を待った。ルノアの残りの魔力は少ない。下級魔法でも数回分、身体強化を使う事を考えると倒せるのは二人か三人が限界だろう。ルノアが残りの魔力の配分を考えていると、ナナキが手を振り皆を呼んだ。

「大丈夫だ、誰も居ない」

ナナキはそっとドアを開け、もう一度外の様子を確認《かくにん》してからスルリと扉をくぐり抜けた。ルノアとアリスもそれに続き、その後に他《ほか》の捕らわれていた少年少女も続く。ルノア達は全員で七人居る。隠密《おんみつ》行動をするには難しい人数だ。しかし、周囲には不自然なほど見張りや誘拐犯の一味の姿は無く、遠くの方で何やら争っている様な物音が聞こえて来る。

「何やら騒《さわ》がしいな。誰も居ないのはこの騒ぎの所為か？」

「分からないけど……今がチャンスだと思います」

「そうだな。みんな、外に出るまでの辛抱《しんぼう》だ！　頑張《がんば》れよ」

ルノア達は早速《さっそく》石造りの通路を進み始めた。通路は燭台は有るが薄暗く、来た時の道を思い出すのは難しい。騒がしい音も、反響して何処から聞こえて来ているのか分からなかった。

「止まれ！」

ナナキが小声で鋭く叫ぶ。見ると通路の先が広くなっていて、廊下よりも明るくなっている。そして、そこには五人の大人が何やら作業をしていた。

「おい、さっきからなんの騒ぎだ？」

「なんでも侵入者《しんにゅうしゃ》らしいぜ」

「マジかよ。大丈夫なのか？」

「なに、始末してしまえば問題ない。いつも通り代官様に事件になる前に揉《も》み消して貰えば良い。それよりさっさと始めるぞ」

男達は部屋の中心に有る机を囲む様に集まった。その机の上には……。

「っ⁉」

ルノアは目を見開いた。机の上には手足を拘束された十歳程《ほど》の少女が意識無く寝《ね》かされていたのだ。

「あいつ、マルカだ！」

「知り合いですか？」

「知り合いって程《ほど》じゃねぇ。ルノア達が来る直前に牢から連れ出されたヤツだ」

男の一人がマルカの頭の側に水晶玉《すいしょうだま》の様な物を置き、周囲の男がマルカへと手を翳《かざ》す。そして中心に立つ男が呪文《じゅもん》の様な物を詠唱し始めた。

「な、何をしてるんだ？」

「分かりません。多分古代語の詠唱だと思います。それにあの中心の男、あの男が首に下げているのはイブリス教の聖印です」

「あいつ、聖職者なのか？」

「形や材質から考えると司祭です」

ルノア達が隠れて様子を窺っていると司祭の詠唱が終わり魔法が発動する。

「あぁぁぁああ！」

突然目を覚ましたマルカが全身を痙攣《けいれん》させ白目を剥き悲鳴をあげる。マルカの苦しみに比例するように水晶の色が赤黒く変色していく。

「あ、あがっ!?　がぁあいぃ！」

ルノア達が目の前の惨状《さんじょう》を前に言葉を失っている中、机の上で激しく身を捩《ねじ》っていたマルカは、全身から血を吹《ふ》き出し倒れ伏《ふ》すと二度と動く事はなかった。司祭はマルカの死体に興味すら向けず、色の変わった水晶玉を手に満足げに頷くと、踵を返してルノア達が隠れる方とは反対の通路へ足を向けた。

「絞りカスはいつも通り片付けておけ」

「へ～い」

四人の男がマルカの髪《かみ》を掴み上げるとその血塗《ちまみ》れの姿が晒《さら》され、それを見た誰かの喉《のど》から悲鳴が上がる。

「ひっ！」

「誰だ！」

「脱走《だっそう》だ！」

男達の視線がルノア達の方へ向けられた。

「ガキ共が逃げたぞ！」

「不味い、見つかった！」

「まってナナキ！　アリスちゃん、防御魔法《ぼうぎょまほう》を！」

咄嗟《とっさ》に飛び出すナナキを追って広間に足を踏《ふ》み入れながら、ルノアはアリスに指示を出す。

「で、でも……」

「早く！」

「み、水よ　その水流を以《もっ》て　遮断《しゃだん》せよ【水　壁《ウォーター・ウォール》】」

アリスが水の壁を作り出し広間と通路の間を遮《さえぎ》った。アリスは魔力操作や防御系の魔法を中心に習ってはいるが、それでもまだ魔法を習得してから半年も経《た》っていない。ましてや魔法を補助する杖《つえ》なども無いのだ。アリスの【水壁】は形は出来てはいるものの、魔力の込め方が甘《あま》く生身でも容易に突破《とっぱ》出来てしまう程度の防御力しか無かった。ルノアは男達がそれに気付く前に、と一番手前の男に組み付いているナナキの背後から魔法を放つ。

「撃ち抜け　その風圧を以て粉砕せよ【風弾《エア・バレット》】」

「ぐぁ！」

野盗に対して使った短文詠唱《えいしょう》とは違《ちが》い、完全に詠唱した【風弾】は杖の無いルノアでも体格の良い男を数メートル先へ吹き飛ばした。男は頭を床に打ち付けて意識を失ったのか動きを止める。それを見た残りの三人がルノアを警戒した。

「あのガキ、魔導師《まどうし》だぞ」

「バカな！　魔封じの枷を付けていなかったのか⁉」

「いや、確かに付けた筈……」

「うおぉぉお！」

動揺《どうよう》する男達に、ナナキが近くに有った燭台を振りかざして殴《なぐ》り掛かる。

「ぐっ！　てめぇ！」

男が咄嗟に腕《うで》を上げて燭台を受け止めるが、その腕からは骨の折れる鈍《にぶ》い音が響《ひび》く。しかし男も荒《あら》ごとに慣れており、直《す》ぐに体勢を立て直しナナキの体を蹴《け》り飛ばす。後方に倒《たお》れ込《こ》むナナキの後ろに隠れて迫《せま》っていたルノアがステップを踏む様に軽《かろ》やかに接近する。

「っめんなぁ！」

ナナキを蹴り飛ばしたのとは別の男がルノアに向かって拳《こぶし》を振り抜く。だがルノアはバクバクと轟音《ごうおん》を鳴らす自分の心臓の音を聞きながら、何処か冷めた目で見ている意識が有ることを自覚していた。恐怖《きょうふ》と緊張《きんちょう》でパニックになる自分と男達の位置取りを確認し迫る拳を避《さ》ける為【スキル】を使う自分。まるで二人の自分が同時に存在する様な不思議な感覚を抱いた。

「【羽歩《フェザー・ステップ》】」

使用したのは自身の体重を一瞬《いっしゅん》軽くしたような動きが可能になる風属性の【スキル】だ。男の拳に足を掛け一息に跳躍《ちょうやく》したルノアは中空で体を反転させ天井《てんじょう》に着地する。以前、訓練の時にエリーがミーシャへのお手本として見せていた立体的な体捌《さば》きの一つだ。

「荒野を走る疾風《しっぷう》　荒ぶる風を束ねて剣《けん》を打つ　【風刃】」

「ぎゃあ！」

男は咄嗟に転がり頭上から叩き付けられる風の刃を躱《かわ》そうとするが、ルノアの魔法は石の机を砕き男の両足を深く切り付けた。

「女の方だ！　魔法を使わせるな！」

男が近くに有った棒の様な物を床に着地したルノアに振り下ろす。

「うぅ……魔力が……」

避けようとするルノアだが、不意に目眩《めまい》に襲《おそ》われてタタラを踏む。

「あぶねぇ！」

「きゃっ⁉」

反応が遅《おく》れたルノアだったが、背後から襟首《えりくび》を掴《つか》まれて強く引かれる。入れ替《か》わる様に前に出たナナキの手にも棒が握られていた。どうやら部屋の端《はし》に積まれていた薪《まき》の様だ。

「おらぁあ！」

「ぶぐっ⁉」

「おら！　おら！　孤児を舐めんじゃねぇぞ！」

ナナキは男の攻撃《こうげき》を懐《ふところ》に潜《もぐ》り込む様に避けると手にした薪で男の顔を何度も何度も打ち据《す》える。

「この野郎《やろう》！」

ナナキが男の意識を奪った時、最後に残った男がナナキが取り落とした燭台に手を掛け、それを大きく振り上げた。ルノアは咄嗟に壁に掛けられていた布を引きちぎる様に手にし【風刃】で砕いた石の机の欠片《かけら》を素早《すばや》く包み込む。

「うわぁあ！」

いざという時のために覚えておきなさい、とミレイに教わった即席《そくせき》の打撃《だげき》武器だ。教わった時にはまさか役に立つ日が来るとは思っていなかった。ルノアは男の顎《あご》を狙って冷静に武器を振るう。石片の重量と遠心力のおかげで非力なルノアでもかなりの威力が有り、下から叩き上げるように打つ事で男の顎を粉々に打ち砕いた。

「おごっ！」

仰向《あおむ》けに倒れた男をナナキと一緒《いっしょ》に何度も打ち据え、男の意識が無くなった所でようやくゆっくりと息を吐《は》く。

「はぁ、はぁ、はぁ、や、やったのか？」

「は、はい……多分……」

息を整えながら視線をずらすと、水の壁が形を保てなくなり消え去る所だった。水の向こうには少女に支えられながら肩《かた》で息をするアリスの姿が見える。

「全く、騒がしいと思えば何だこの様は」

安堵《あんど》したのは一瞬、広間に聞こえた新しい声にルノア達は一斉《いっせい》に顔を向ける。そこには先程出て行った聖職者の男がいた。ルノアとナナキはアリス達の前に立ち聖職者の男と対峙《たいじ》する。しかしルノアの魔力は既《すで》に尽き、ナナキの体力も限界に近かった。

「…………どうすれば」

「くそ……」

聖職者の男は呆《あき》れた様に溜息《ためいき》を吐き出す。

「はぁ、おいクソガキ共。死にたくなければ牢に戻ぶがあぉ！」

「!?」

聖職者の男は最後まで言い切る事は出来なかった。何故《なぜ》ならその言葉を吐き出す筈の口が横から叩き付けられた拳に砕かれたからだ。その拳の持ち主は肩口《かたぐち》で切り揃《そろ》えた金髪を不思議そうに揺《ゆ》らした。

「あれ？　ルノアちゃんとアリスちゃんじゃないッスか。こんな所で何してるんッスか？子供はもう宿に戻って寝ないとダメッスよ。め！」

◆

早朝、朝食もそこそこにティーダは軽やかに宿のロビーに躍《おど》り出た。

「じゃあ、行って来るッスよ～」

「はいはい、気を付けなさいよ」

「そうッスね。ティーダちゃん、美少女ッスから暴漢に襲われるかも知れないッス！　気を付けるッスよ！」

「いや、そこは心配してないわ。飲み過ぎに気を付けなさい。連日、泥酔《でいすい》して帰って来るんじゃないわよ」

「…………前向きに善処する事も視野に入れて建設的で誠実な対応となるよう努力するッス」

エリーと目を合わせない様に視線を逸《そ》らしながらもティーダは鼻歌を歌いながら機嫌《きげん》良く宿を出た。大通りを歩くティーダは少し進んだ先で中央区に入る門を抜けこのケレバンの街の中心である歓楽街《かんらくがい》へと入って行った。まだ早朝にもかかわらず男と腕を組んで歩く薄着《うすぎ》の女や酒の匂《にお》いを漂《ただよ》わせる人々が闊歩《かっぽ》する光景はまさに歓楽街である。ティーダは楽しげに路地を曲がると裏路地にひっそりと存在していた小さな看板が出ているだけの酒場へと吸い込まれるように入って行った。酒場の中は薄暗く、席はカウンターのみで五人も入れば満席になる様な小さな店だ。店主はグラスを磨《みが》き続けティーダの方を見ることもない。

「…………此処《ここ》はガキが来る様な店じゃねぇぞ、帰んな」

「まぁまぁ、そう言わずに。この店の事はロブさんに聞いたんッスよ」

「ロブの野郎に？　お前、あいつの知り合いか？」

店主は常連の名前を聞きようやくティーダに視線を向けた。

「昨夜、大通りの酒場で意気投合したんッスよ。んでポーカーで有り金を巻き上げてやったらこのお店を紹介《しょうかい》するから勘弁《かんべん》してくれって頼《たの》まれたんッスよ。ふっふっふ、聞いてるッスよ〜。良いヤツ揃ってるって」

ティーダの言葉に肩をすくめた店主は、親指で空席の一つを指し示した。

「座んな」

「…………まぁ、そんな感じだな」

「ふ〜ん、そんな奴《やつ》が居たんッスか〜。あっ、次はそっちの蒸留酒をロックで」

太陽が空の中央にまで来てもティーダは機嫌良く飲み続けていた。そして店に置いてあった目ぼしい酒を一通り味わったティーダは代金を支払《しはら》って店を出る。

「うへへ、本当に楽しい街ッスね～」

ほろ酔《よ》い気分で楽しげに街をフラフラと歩くティーダは、酒やツマミの匂いに誘《さそ》われ、炎《ほのお》に惹《ひ》かれる羽虫の様にあちらこちらの店を渡《わた》り歩いた。有名な人気店、常連から聞き出した穴場、気になった小さな店と次々にハシゴしたティーダは酔いが深まるのと同時に、いつの間にか人通りの少ない路地へと入っていた。

「おろ？　道を間違《まちが》えたッスかね～？」

そう首を傾げた時、ティーダの前後を塞《ふさ》ぐ様に険呑《けんのん》な様子の男達が立ち塞がった。

「ん？　私に何か用ッスかね？　はっ！　もしかしてナンパ⁉　ナンパッスか？　ダメ！　ダメッスよ！　ティーダちゃんは敬虔《けいけん》なる神の使徒なんッスよ！　遊びのお付き合いは出来ないッス。あとお兄さん達は顔が好みじゃないッス」

「あぁ⁉」

「よせ」

くねくねと身を捩るティーダに苛立《いらだ》った男が前に出ようとするがリーダー格の男が手を上げて押し留《とど》めた。

「おいお前、最近俺たちの事をコソコソと嗅《か》ぎ回っているらしいな」

「ええ？　何の事ッスかね～？　ティーダちゃん、わかんな～い？」

「シラを切っても無駄だ。既に情報屋が吐いたぜ。どうせ口止め料を渋《しぶ》ったんだろ？」

「…………それは違うッスよ。【解毒《アンチ・ポイズン》】」

ティーダは光属性の治癒魔法で体内のアルコールを分解しながら男達の言葉を否定する。

「私はちゃんと支払ったッスよ。でもそれは口止め料じゃないッス。私はお金を支払ってあんた達の事を私が探《さぐ》っていると言う情報を流して貰ったんッスよ。まさかこんなに早く釣《つ》れるとは……ぼったくりの様な料金を支払った甲斐《かい》が有ったってものッスよね」

「なん……ぐあ！」

一足で間合いを詰《つ》めたティーダはリーダー格の腕を掴み捻《ひね》り上げた。

「さぁ、知っている事を全《すべ》て吐いて貰うッスよ」

「クソっ！　殺れ！」

リーダー格の命令で他の男達が武器を取り出してティーダに向かってくる。

「はぁ。まぁ数人残っていれば話は聞けるッスよね」


数分後、人気の無い路地裏には鉄の臭いが充満《じゅうまん》し、全身を血に染めた男達の内生き残りの数人がうめき声を上げていた。

「ま、待て！　何だよ！　何なんだよお前は⁉」

「んん？　私の事を知らずに襲って来たんッスか？」

「お、俺《おれ》達は上に命令されただけだ！　嗅ぎ回っている女を殺せって……」

「そうッスか、ではその上について教えて下さい」

「それは……勘弁してくれ！　話せば殺される」

「では今死にますか？」

「ま、待て！　だ、だが、良いのか？　こんな街中で派手に殺して、お前だってこれが表《おもて》沙汰《ざた》になればタダじゃ済まないぞ。俺達の後ろにはイブリス教のお偉《えら》いさんが付いてんだぞ」

「ああ、そういう心配は要《い》らないッス。ええっと……どこやったッスかね？　普段《ふだん》は着けてないッスから……あ、あったあった！」

そう言ってティーダは懐から取り出した物を首に掛け、男の目の前で揺らして見せた。

「これ、知ってるッスよね？」

「…………バカな……そんな、そんな情報は聞いて……」

「そりゃあ、バレない様にこの街に来る商会の一行に潜り込んで来たッスからね。で、どうするッスか？」

「い、命だけは……」

「それはこれからのお話次第ッスね。取り敢えず、拐った子供の居場所から吐いて貰いましょうか？」

◇

「何か騒がしいわね？」

「そうね、音が響いてよく分からないけど揉めているみたいよ」

私とヒルデは身を隠しながら誘拐犯のアジトらしき遺跡《いせき》を探索《たんさく》していた。遭遇《そうぐう》する人間は首から聖印を下げた聖職者らしき者や破落戸《ごろつき》っぽい奴など。しかしそのどれもが何処《どこ》か柄《がら》が悪い気がする。

「ん、この通路は知ってるわ」

「来た事があるの？」

「ええ。私はこの街ではそれなりの立場だからね。此処にも何度か足を運んだ事があるわ。確か……この通路の先に聖堂がある筈よ」

「聖堂……」

「聖堂と言っても遺跡だから何も無い広い空間に旧時代の神像があるだけの場所よ」

「旧神の像か……確か、イブリス教の教典では、この世界には元々古き神々が居て、天界を去る時にイブリス教の聖女を天界に招いて力を与《あた》え新たな神として世界の守護を任せた、て言うヤツよね」

「そうね。だからこの遺跡はイブリス教の聖地とされているのよ」

ヒルデの先導で広い場所に辿《たど》り着いた。どうやらこの広間が聖堂らしい。かつては豪奢《ごうしゃ》な装飾《そうしょく》や優美な彫刻《ちょうこく》が施《ほどこ》されていたのだろうが、現在は石壁《かべ》が剥《む》き出しになっており所々崩《くず》れかけた旧神の石像が旧時代の威光《いこう》を僅《わず》かに残すだけであった。

「…………何も無いわね」

「そうね……一応、この聖堂がこの遺跡の中心部なのだけど」

「となると、アリス達は途中《とちゅう》の分岐《ぶんき》の先に……」

私の言葉の途中、轟音と共に遺跡が揺れたと感じる程の衝撃《しょうげき》が響いた。

「な、何⁉」

「今の揺れ、下から？」

「先程《さきほど》の騒ぎといい、どうやら今この遺跡では何かが起こっている様ね」

「アリスとルノアが巻き込まれているかも知れないわ。下へ向かう道を探しましょう」

「そうね、仕方ないわ。本当はあまり使いたくはなかったけど……」

ヒルデから溢《あふ》れ出た魔力が右手に凝縮《ぎょうしゅく》される。その手に具現化されたのは繊細《せんさい》な蝶《ちょう》の装飾が施された銀色の煙管《きせる》だった。

「神器【泡沫の蝶《ペタルダ》】」

ヒルデは煙管を咥《くわ》えると大きく吸い、ゆっくりと白煙《はくえん》を吐き出した。

「これは？」

「私の神器【泡沫の蝶】は魔力を煙《けむり》状の物質へ変換する事が出来るの。魔力の消費が大きいし、目立つから使いづらいんだけどね」

白煙は霧散することなく小さな雲の様になって漂っており、ヒルデが煙管を白煙に向けてクルクルと掻《か》き混ぜる様に振る。すると白煙は薄《うす》い霧《きり》の様に変わり聖堂の中に広がり漂う。

「ここまで薄くすると殆ど何も出来ないけど、これなら私達の周囲を隈《くま》なく調べられるわ。これで通路を……ん？」

「ヒルデさん？」

「これは？」

ヒルデは聖堂の中心にある大きな男神の像の足元を見た。すると白煙が神像の足元の辺りに集まり数秒漂うと、音を立てて石床《いしとこ》が持ち上がり下へ向かう階段が現れた。

「隠し階段よ」

私は階段に近づいて状態を調べる。

「頻繁《ひんぱん》に使われていた形跡《けいせき》があるわね」

「行きましょう。拐われた子達を隠すならやはりこの手の仕掛《しか》けの先の可能性が高いと思うわ」

私はヒルデの言葉に頷《うなず》くと、二人で階段を降りて行った。薄暗《うすぐら》い通路をヒルデと二人で進む。ヒルデの神器【泡沫の蝶】の探索能力は非常に高く、巧妙《こうみょう》に隠されていた隠し通路を見つけた。

「この通路は元々この神殿《しんでん》にあった物ではないわね。周囲の壁の石材との風化の度合に差があるわ」

「あとから造り足したって事かしら？」

隠し通路の先を窺《うかが》うと、奥《おく》に明かりが灯《とも》っているのを見つけた。暗がりに身を隠しそっとその灯《ひ》に近づくとそこはかなり広い空間になっていた。上の聖堂と同じくらいの広さだ。石壁が剥き出しだった聖堂とは打って変わって高級感の有る装飾が施され、まるで大都市の神殿の様だ。通路は後から造った物だが、この空間はかなり古い物だ。遺跡の地下から別の遺跡の地下へと繋《つな》いだのかも知れない。この広間に居るのは聖職者が数人と身なりの良い男が一人。地下の空間はよく音が反響《はんきょう》し話し声が聞こえてくる。豪奢な椅子《いす》にドカリと腰《こし》を下ろしたイブリス教の聖印を下げた肥満体の男が苛立たしげに近くの聖職者を怒鳴《どな》りつけている。

「騒がしいぞ！　何事だ！」

「も、申し訳ありません。どうやら侵入者がいる様で……」

「何？　聖騎士団《きしだん》の連中か？」

「いえ。金髪《きんぱつ》の女が一人、暴れているそうです」

「ふん、ならさっさと始末しろ」

「はっ！」

慌《あわ》てて出ていく配下の聖職者を睨《にら》みつける様に見送った後、肥満体の男は視線を正面に戻《もど》した。

「全く申し訳ありませんな、コロンゾン伯爵《はくしゃく》」

「いやいや、ドンドル大司教も大変ですな」

「使えない部下ばかりで苦労しますよ」

ドンドルは肩をすくめる。

「ところでコロンゾン伯爵、本日はどの様なご用件で？」

「ああ、馬車の事故で右足をな。難儀《なんぎ》していた所、ここの事をトアリート侯爵《こうしゃく》にお聞きしまして」

「そうですか、では早速治療《さっそくちりょう》を始めましょう」

和《なご》やかに会話する二人の顔を見た私は眉根《まゆね》を寄せた。

「あの二人……」

「知ってるの？」

「イブリス教の巡回《じゅんかい》神官のドンドル大司教とハルドリア王国の貴族コロンゾン伯爵よ。ドンドルは中央大陸におけるイブリス教の総責任者。その癖《くせ》、悪い噂《うわさ》が絶えない生臭《なまぐさ》司祭よ。王国でも会う度に私にいやらしい視線を向けて来たわ」

「聖職者よね？」

「まぁ、こんな所に居るんだから噂通りのクズだったたって事でしょう。コロンゾン伯爵の方は王太子を支持して甘い汁《しる》を吸っている貴族だわ」

コロンゾン伯爵が右足の裾《すそ》を捲《まく》り上げると、ドンドルは別の聖職者が持って来た赤黒く濁《にご》った水晶玉を手に祭壇《さいだん》に立った。

「何、あの水晶玉？」

「分からないわ。でも、状況《じょうきょう》から考えるとあの足を治療《ちりょう》しようとしているみたいよ」

「でもあの足、相当酷《ひど》い怪我《けが》よ。あれを治療するとなると【上級治癒】、それも大司教クラスの使い手でどうにかって程の大怪我。ドンドルは大司教とは言え、政治的な手腕《しゅわん》でのし上がってきたらしいから、とてもじゃないけど治療なんて無理だと思うけど……」

コロンゾンの怪我は馬車の車輪にでも巻き込まれたのか、ぐちゃぐちゃになった足を無理やり治癒魔法で直した様な傷だ。おそらく出先で他に手が無くそのまま治癒魔法を掛《か》けたのだろう。命に別状はないが下手に治癒している分、元に戻すのは以前のルノアの怪我の治療より難しい。ドンドル大司教は水晶玉を触媒《しょくばい》に呪文を詠唱し始める。しかしその詠唱の内容は聞き取れない。

「これ……古代語？」

「暗喩《あんゆ》や固有名詞があって完全には訳せないけど……『生贄《いけにえ》を捧《ささ》げて身体をあるべき姿に戻す』って感じの意味ね」

「エリーは古代語も分かるのね」

「簡単な物だけならね」

「生贄って言うのはあの触媒の事を指しているのかしら？」

「見た感じだと魔力《まりょく》が封入《ふうにゅう》された水晶みたいだけど……まぁ、良いわ。それより奴らを捕《と》らえましょう」

「見つかるわよ」

「これだけ捜しても見つからないのだから仕方ないわ。この遺跡は予想以上に広くて入り組んでいるし、それにあいつらは多分この遺跡の一団の中でもトップの方でしょうから締《し》め上げてアリスとルノアの居場所を吐かせましょう」

「良いの？　ハルドリア王国の貴族も一緒よ」

「大丈夫《だいじょうぶ》よ」

◇

元々コロンゾンには消えて貰《もら》うつもりだった。アイツはフリードを唆《そそのか》して色々と暗躍《あんやく》していたらしい。帝国《ていこく》に亡命してから調べた事だが、あのシルビア・ロックイートを王太子であるフリードに近づけ私を排除《はいじょ》しようとしていた痕跡《こんせき》が有った。その方がフリードを御《ぎょ》しやすいからだろう。所謂《いわゆる》、私が居なければ得をするタイプの貴族だ。その癖、私の前では忠臣面していたのだから始末が悪い。

「…………おっと、今はアリスとルノアを助け出す事が先決ね」

思い出したら怒《いか》りが込み上げて来たが、それをグッと抑《おさ》え込む。奴らにはアリスとルノアの事を聞かなくてはならないのだ。

私とヒルデは通路から広間へと堂々と歩いて出て行った。

「誰《だれ》だ！」

「あんた達《たち》が誘拐《ゆうかい》した子の保護者よ。死にたくなければ大人しく子供達を返しなさい」

私達の姿を見ると、ドンドルの周囲にいた聖職者達が慌てて武器を手にする。

「ヒ、ヒルデ・カラード！　それに貴様は……まさか、エリザベート・レイストン⁉」

「何だと⁉　エリザベート嬢《じょう》！　帝国に居たのか⁉」

「お久しぶりですわね。ドンドル大司教、コロンゾン伯爵。旧交を温めたい所ですが私達は急いでいますの。拐った子供達の居場所を教えていただけますか？」

唖然《あぜん》とした様子のドンドル大司教とコロンゾン伯爵だったが、先に気を取り直したのはコロンゾン伯爵の方だった。

「拐った子供？　どういう事か分からないがエリザベート嬢。国王陛下や宰相《さいしょう》閣下がご心配されておりましたよ。どうぞ私と一緒に……」

頬《ほお》に氷の矢が掠《かす》め、流れ出した血が顎から垂れ始めた事でコロンゾンの言葉は止まる。

「残念ながら私は王国では国家反逆の罪で指名手配されているわ。そもそも私を捜しているのも利用する為《ため》でしょう？　父もブラート陛下も私を利用したいだけで心配などしていないわ。それから私の質問に答えなさい。子供達は何処《どこ》？　此処に連れてこられたのは分かっているのよ」

コロンゾンは私の殺気を受けて冷《ひ》や汗《あせ》を滝《たき》の様に流しながらドンドルの表情を窺《うかが》い見る。

「わ、私は子供の事など知らない！　本当だ！　此処に来たのも足を治療してくれるとト

リアート侯爵から聞いて、今日初めて来たのだ！」

「そう、なら貴方《あなた》は必要ないわ」

「うがっ！」

治療されたばかりのコロンゾン伯爵の右足に氷の矢が突《つ》き刺《さ》さった。

「な、ま、待って……ぐぁぁあ！」

続けて右腕《みぎうで》、左腕、左足と貫《つらぬ》き、氷の矢が刺さった傷口の辺りから次第《しだい》に凍《こお》りつき四肢《しし》

を氷で拘束《こうそく》する。

「ひっ！　た、助けて……」

「貴方にも色々と聞きたい事はあるけれど、今は子供達が優先よ。しばらくそこで大人し

くしておきなさい」

コロンゾンは痛みと体温の低下で意識を無くしたので、そちらは無視してドンドルを正

面に捉《とら》える。

「さてドンドル大司教。貴方なら知ってるわよね」

「な、何を……」

ドンドルが言い淀《よど》んだ時、今度は剣の形をした白煙がドンドル大司教の周囲を流れた。

一拍《ぱく》の間の後、ポトリと床《ゆか》に落ちたのはドンドルの親指。

「ぎゃぁぁあ！」

「言い逃《のが》れは止めなさい。貴方達は私の客人に手を出した。この《銀蝶》ヒルデ・カラードの顔に泥《どろ》を塗《ぬ》ったのよ？　お分かりかしら？」

ヒルデが腹立たしそうに煙管を咥え白煙を燻《くゆ》らせる。

「殺せ！　こいつらを殺せ！」

ドンドルが叫《さけ》ぶと部屋の中に居た聖職者達が次々と武器を手にして私達を包囲し始めた。

「こいつら……」

「此処は私が片付けるわ」

「良いの？」

「私もこのままでは面子が立たないのよ。このケレバンの街で……この私の足下《あしもと》で好き放題してくれたのだからね」

ヒルデの苦笑いに私は肩をすくめて返す。

「【誘死蝶《ブラック・バタフライ》】」

ヒルデが煙管を一振《ひとふ》りすると周囲に漂っていた白煙が小さな蝶へと形を変えた。蝶はヒラヒラと舞《ま》いながら聖職者達へ向かって行く。

「ひっ！」

聖職者の一人が手にしていたメイスで蝶を薙《な》ぎ払《はら》うが、白煙で出来た蝶は一度形が崩れても直ぐに元の形へと戻り、後退《あとずさ》りする聖職者の頭へと停《と》まった。すると……。

「ふぐっ！」

剣を手にしていた聖職者は、その剣で自らの喉を掻き切った。

「ごがっ！」

「うぶっ！」

メイスが隣《となり》の聖職者の頭を砕《くだ》き、頭を砕かれた聖職者が手にしていた槍《やり》はメイスを振《ふ》り下ろした聖職者の胸を突いていた。私達を取り囲んでいた聖職者達は皆《みな》、白煙の蝶が頭に留まった瞬間《しゅんかん》、自死や同士討《どうしう》ちをしたのだ。

「エグいわね」

「ふふ、私の【誘死蝶】は蝶の形にした魔力に魔法《まほう》を込める事ができるのよ。今のは

【催眠】ね。ある程度魔力に対する抵抗力が有ると効きづらいけど、有象無象を相手にするには便利よ」

私も【暴食の魔導書】の効果で通常の【催眠】を使った事は有るが、この魔法は少し気を張っていれば抵抗出来る程度の効力しか無い筈《はず》だ。臨戦態勢の相手に【催眠】を掛け、その上忌避《きひ》感の強い自死や同士討ちをさせるとは……。ヒルデの魔力や魔力操作の技量だけでは説明出来ない強力な魔法効果はあの神器の力なのだろう。おそらく煙に魔法を込める事で効果を一点に集めて威力《いりょく》を高める類《たぐ》いの物だと思う。私の魔力なら抵抗出来るだろうけど敵にはしたくないわ。

「さて、もう終わりかしら？」

煙管を手中でクルクルと回すヒルデを忌々《いまいま》しそうに睨みながらドンドル大司教が叫ぶ。

「ば、化け物共め！　何なのだ！　侵入者《しんにゅうしゃ》は一人ではなかったのか！」

「はぁ？　何を……」

ドンドル大司教がパニックになり喚《わめ》き散らし始めると、不意に広間に繋がる通路の一つから人間が吹き飛ばされて来た。広間に飛び込んだ人間は壁に叩《たた》きつけられて赤黒いシミに変わる。

「ひぃ！　だ、誰だ⁉」

ドンドル大司教の言葉に答えた訳ではないだろうが、通路からそれに応《こた》える声が有った。

「どうも、美少女シスターのティーダちゃんッスよ～」

「ティーダ？」

「おや、エリーさんまで居るんッスか」

「ママ！」

ティーダの背後から小さな金色の影が飛び出して来た。

「アリス！」

私は駆《か》け寄って来たアリスを抱《だ》きとめる。抱き上げたアリスに大きな怪我《けが》が無い事に安堵の息を吐いた。

「良かった……」

「エリー会長」

アリスに続きルノアも姿を見せる。首に少し赤い痕《あと》が残っているが大した傷ではない。治癒魔法《ちゆまほう》を掛ければ直ぐに治るだろう。

「ルノアも無事だったのね」

ルノアの頭を軽く撫《な》でながら他《ほか》に傷が無いことを確認《かくにん》する。

「はい、捕らわれていた場所から逃《に》げ出した所をティーダさんに助けて貰ったんです」

「そう、ありがとう。ティーダ」

「いえいえ、お礼ならお酒で良いッスよ」

「ふふ、良い物を用意するわ」

抱きしめていたアリスを下ろしながらティーダの背後にルノアと同年代の数人の子供の姿が有る事を確認する。

「どうやら拐われた子供達は彼女《かのじょ》が助けてくれたみたいね。それなら後は……あれを始末すれば終わりか」

ヒルデはドンドル大司教に一歩近づく。

「馬鹿《ばか》な！　私は大司教だぞ！　世界の三分の一を支配するイブリス教の大司教だ！　この中央大陸におけるイブリス教の纏《まと》め役《やく》で中央大陸最高位の聖職者だ！　貴様ら如《ごと》きがこの私に逆らって良いと思っているのかぁ！」

「ああ、その事ッスか……」

狂《くる》った様に叫ぶドンドルだが、ティーダが冷めた声音《こわね》で横槍《よこやり》を入れた。

「それなら問題ないッスよ。今この時を以《もっ》て貴方の大司教の地位は剥奪《はくだつ》されたッス。今の貴方はただの信者……いや、神のご意志に逆らう背教者ッス」

「ふざけるな！　何の権限が有ってそんな戯言《たわごと》を……」

「私の権限ッスよ」

ティーダは首に掛けていた革紐《かわひも》を引っ張り、シャツの中から聖印を取り出した。聖印は聖職者の階級を表す物で、イブリス教内での地位によって材質や文様が変わる。普段は聖職者の証である魔除《まよ》けしか身に着けていないティーダだったが、聖印を持っていると言うことはイブリス教内で確固たる地位にあると言う事だ。ドンドルはティーダの聖印を見て目を剥いた。いや、ドンドルだけではない。私とヒルデもティーダの胸元《むなもと》で揺れる聖印を見て驚《おどろ》いている。ティーダの実力からただの無役のシスターではないとは思っていた。おそらく魔物《まもの》退治を専門とする第二聖騎士団か、神の意に反した背教者を討伐《とうばつ》する第九聖騎士団ではないかと考えていたのだが流石《さすが》にこれは予想外だわ。

「おやおや～？　ドンドル君は私の事、忘れてしまったんッスかね～？　三年前に聖都の大神殿《だいしんでん》で会ってる筈なんッスけどね～？　まぁ、しょうがないッスかね。私は演説台、ドンドル君は広い聖堂の端っこの方にいたでしょうから、しょうがないッスね～」

「あ……あ、い、いや……な、何で……何で貴女《あなた》が……」

ドンドルは顔を蒼白《そうはく》にしながらガタガタと震《ふる》えだす。ティーダの聖印は一見すると銀製に見えるが、その自ら光を発するかの様な特徴的《とくちょうてき》な材質は間違いなく聖銀の物だ。そしてイブリス教の聖職者で聖銀製の聖印を身につける事が許されているのはたったの五人。私はその内二人には一度だけ会った事が有る。他の二人は会った事はないが姿絵が出回っている有名人。となるとティーダは残りの一人と言う事になる。

「お、お待ち下さい……お待ち下さい！　こ、これは何かの間違いなのです！　私は敬虔なる神の信徒で……」

「黙《だま》れ、背教者が神の信徒を騙《かた》るな」

ゆっくりとドンドルに歩み寄るティーダは、いつもの陽気さは全く感じられず冷たく刺す様な殺気を纏っていた。

「ひっ！　は、話を……どうか、話を聞いて下さい、猊下《げいか》！　ティルダニア枢機卿《すうききよう》猊下！」

「話を聞く気は無い。汝《なんじ》は拐ってきた子供の魔力を限界まで抜《ぬ》き取って殺し、その魔力を使って古代の禁術で富裕層《ふゆうそう》を治療し、多額の報酬《ほうしゆう》を受け取っていた。既に近くに居た第四聖騎士団の分隊にも此方《こちら》に急行する様に使いを出している。このまま、大人しく聖騎士団の審問《しんもん》を受け裁きを受けよ」

ドンドルはヒルデに斬《き》り飛ばされた親指を押《お》さえながら青い顔で後退りするが、四肢を凍らされ氷像のようになったコロンゾンが背に当たり逃げ場を失った。

「わ、私は……私は……私はこんな所でぇ！」

ドンドルは懐から取り出した短剣《たんけん》を振り上げた。その短剣は武器として作られた物には見えない。無駄《むだ》な装飾や不必要な刃《やいば》の湾曲《わんきょく》など、実戦用の武器としては意味の無い要素が多過ぎるからだ。インテリアか……もしくは何かの儀式《ぎしき》用の物か。ドンドルはその短剣を氷で拘束され身動きができなくなっていたコロンゾンの心臓へと突き立てた。

「え？」

呆《ほう》けたような侯爵の間抜《まぬ》けな声は次の瞬間には絶叫《ぜっきょう》へと変わる。私の氷を砕く程《ほど》の力で暴れるコロンゾン。四肢を氷づけにされた状態でそんなことをして無事で済むはずがなく、手足の骨は砕け氷ついた肉は裂《さ》けて鮮血《せんけつ》が辺りを赤黒く染める。

「な、何が⁉」

状況は分からないが取り敢《あ》えず子供達を背に庇《かば》いドンドルとコロンゾンから距離《きょり》をとる。

ひとしきり暴れた後、ピタリと動きを止めるとその肉体が膨張《ぼうちょう》し始める。ブクブクと肉が盛り上がり、氷を砕くとコロンゾンは全長三メートルを超《こ》える不気味な肉塊《にっかい》へと姿を変えた。腐敗臭《ふはいしゅう》と獣臭《けものぐさ》さが混ざったような不快な臭いのするその肉体は生きているのか、心臓が鼓動《こどう》を刻むように脈打ち蠢《うごめ》いていた。そしてその肉塊の中心が大きく裂け、人の頭程もある目玉がギョロリと周囲を睥睨《へいげい》した。先程までシリアスな雰囲気《ふんいき》を作っていたティーダもそれを見て思わず声を上げる。

「な、なんッスか！　あの化け物は⁉」

コロンゾンが変貌《へんぼう》した肉塊の化け物は人に近い形で安定した。とは言っても右腕が異様に大きく、脚《あし》は昆虫《こんちゅう》のように六本ありその巨体《きょたい》を支えている。

「はっはっは！　もう終わりだ！　この化け物は旧神によって封《ふう》じられたばぎゃ⁉」

何かを言いかけたドンドルだが、肉塊の化け物が伸《の》ばした異形の右腕に頭を掴《つか》まれて持ち上げられた。その顔を塞がれたドンドルは呻《うめ》き声を上げるが肉塊の化け物は意に介す事なく、目玉の下辺りの大きく開き不気味な不揃《ふぞろ》いな牙《きば》が並んでいる口にゆっくりと押し込《こ》んで行く。肉を磨《す》り潰《つぶ》し骨を砕く不気味な音と声にならない悲鳴が地下の空間に響《ひび》いた。

「ぎょあぁぁぁああ！」

ドンドルを飲み込んだ肉塊の化け物は人の不安を掻き立てるような甲高《かんだか》い雄叫《おたけ》びを上げてその大きな目玉を私達へと向けた。

「来るわよ！」

振り上げられた異形の右腕が私達に向けて振り下ろされる。咄嗟《とっさ》に【氷壁《アイス・ウォール》】で拳《こぶし》を受け止めたが、氷を打った後、直《す》ぐに振り上げられた右腕が隆起《りゅうき》するように膨《ふく》らみ倍程の大きさになった拳による二撃目が【氷壁】を砕き貫いた。私は砕けた氷に魔力を送り氷で右腕を絡《から》め取ると、剣《けん》を抜き放ち右腕を激しく斬りつけた。

「神器【神の恵みを刈り取る刃《ハーベスト》】」

私の剣撃に合わせて動きを止めた肉塊の化け物にティーダが神器らしき真っ白な大鎌《おおがま》を振り抜いた。私の剣の傷とティーダの大鎌の傷は周囲の肉が蠢き直ぐに塞がってしまった。更《さら》に拘束していた氷を砕き、人間には不可能な角度で腕を振り回す。大きく膨らんでいた右腕は元のサイズに戻っていたが、それでも私の胴《どう》よりも太い巨腕が空気を唸《うな》らせて振るわれる。私は咄嗟に屈《かが》んで避《よ》け、ティーダは大鎌で受けてタイミングを合わせて後ろに跳び、衝撃を殺して空中で体勢を立て直し片手を突いて着地する。

「神器【暴食の魔導書】」

魔導書を手にした私に神器である煙管を手にしたヒルデが並ぶ。この場にいる神器使いは三人。不気味な肉塊の化け物の討伐は不可能ではないだろう。

「ルノア、アリスを連れて子供達の所に」

「は、はい！」

ルノアは私の背後に隠れていたアリスを連れてこの場から離《はな》れる。警戒《けいかい》しながら二人が離れるのを待っていたが、化け物はルノア達に手を出す事なく私達にその大きな目玉を固定したままだった。

「ティーダ。貴女の神器の能力を聞いても良いかしら？」

「能力ッスか？　私の【神の恵みを刈り取る刃】は魔力を吸収して自身の強化や治癒に使

えるって能力ッスよ。一対一の状況では効果は薄いッスね。沢山《たくさん》の敵を相手にする時には有効なんッスけどね」

確かにこの状況では能力を完全に活《い》かす事は出来ないか。緊迫《きんぱく》した空気など意に介す事なく肉塊の化け物が動く。六本の脚を交互《こうご》に出して猛《もう》スピードで駆け出し、左の腕を伸ばして鞭《むち》のようにしならせて振るった。

「くっ⁉」

ヒルデが咄嗟に白煙を集めて盾《たて》を作る。モワモワとした盾は振り抜かれた左腕を受け止めてみせた。更に白煙は左腕を包み込む様に取り込んでいく。

「ぎょえぇ！」

左腕を捕らえた白煙を打ち払おうと右の巨腕を何度打ち付けるが、その打撃《だげき》は白煙を素《す》通《どお》りしてまるで効果が見えなかった。

「ふふ、煙による拘束よ。いくら強い力を持っていても切る事は出来ないわ」

「【雷撃《サンダー・ボルト》】【岩槍《ロック・ランス》】【熱波《ヒート・ウェイブ》】」

ヒルデに拘束されて動きを止めた肉塊の化け物に魔導書に記録された魔法を連続で放つ。しかしその何《いず》れも大した効果が見えなかった。多少の傷を与えても直ぐに紫色《むらさきいろ》の泡《あわ》が立ち傷を塞いでしまう。

「中級魔法程度では効果は無いわね」

「上級魔法は使わないんッスか？」

「此処《ここ》は地下よ。生き埋《う》めになりたいなら使っても良いわよ」

「……勘弁《かんべん》ッス」

捕らわれた腕を巨大化《きょだいか》させて白煙から逃れた所に背後から走り寄ったティーダが大鎌を振り下ろす。

「るあぁぁあ！」

肉塊の背から鋭《するど》い棘《とげ》が突き出してティーダの体を貫く。だが穴だらけになったティーダはその輪郭《りんかく》を失うと白煙となった。意識があるのかは分からないが、肉塊の化け物は白煙となったティーダ……いや、ヒルデの神器によって作られたティーダの偽物《にせもの》に驚いたのかわずかな隙《すき》を見せた。

「神威を受けるッス！」

その隙を見逃《みのが》す理由もなく、地面を滑《すべ》るように疾走《しっそう》したティーダが白い大鎌を水平に構えて通りすぎざまに巨体を支える太い脚を二本切断した。すると切断された脚の断面から重油のような粘度《ねんど》の高い黒い液体が悪臭《あくしゅう》を放ちながら流れ出た。

「キモ！　なんッスかこれ？　血？」

「貴女もお酒ばかり飲んでるとああなるわよ」

「ちょっ！　怖《こわ》い事言わないで下さいッス」

黒い液体はスライムの如く蠢き、軽口を交《か》わす私とティーダに向かって伸びる。自分とティーダを守る為に盾になる氷柱《ひょうちゅう》を作るが、黒い液体は氷柱を回り込み私達に迫《せま》った。しかし、その攻撃《こうげき》は私達にはとどかなかった。間一髪《かんいっぱつ》、ヒルデの白煙が私達を掴み、彼女の方へと引き寄せていた。

「助かったッス」

「感謝するわ」

ヒルデの神器は見たところ対応力が高く、攻防《こうぼう》自在に戦える様だけど純粋《じゅんすい》な攻撃力は高くないようであの肉塊の化け物との相性《あいしょう》は悪い様に見える。

「うるらぁぁぁあああ！」

ただでさえ大きな口を更に大きく開き肉塊の化け物が咆哮《ほうこう》を上げる。

「何すか⁉」

「……魔力が」

「何か来るわ！」

肉塊の化け物から溢れる魔力の量が明らかに増えた。頭上に掲《かか》げた両腕《りょううで》にかなりの魔力が集められ、体の倍以上の大きさに膨れ上がったその腕が地面へと叩き付けられる。すると、地下空間に轟音《ごうおん》が鳴りひびいた。砕けた床石から部屋中に罅《ひび》が走り、天井《てんじょう》からパラパラと石のカケラが落ちてくる。

「んな⁉」

「崩れるわ！」

「アリス！　ルノア！」

私はすぐさま水を作り出すとアリス達の方へと伸ばした。崩れ始めた天井に驚き固まっていたアリスとルノアを絡め取り、ついでに近くに居た子供数人も水の中に放り込むと、自分の体を水で包み込み完全に崩落《ほうらく》する前に水を操《あやつ》り地上へ向かって無理やり突き進《すす》んだ。土砂《どしゃ》を押し流し、岩を砕きながら地上に飛び出すと、月明かりと共に遺跡を包囲する武装した集団の拵《こしら》えた篝火《かがりび》や光魔法に照らされた。

「アレは……聖騎士団。ティーダが連絡《れんらく》したと言っていたやつね」

地面に降り立った私は急いでアリス達を水から出した。

「う、げほ、げほ……」

「はぁ、はぁ、はぁ……」

「がはっ！」

「こほっ」

どうやら皆、無事らしい。子供達の無事を確認していた私の近くの地面が切り裂かれティーダが飛び出し、瓦礫《がれき》が弾《はじ》かれ白煙に包まれたヒルデが現れた。二人とも腕に子供を抱《かか》えている。

「みんな無事⁉」

「何とかね」

「死ぬかと思ったッス……」

私は油断なく瓦礫の山に警戒の視線を送る。下からかなりの魔力を感じるのでこの崩落で死んだりはしていないだろう。目の前で瓦礫の山が爆《は》ぜ、地面から這《は》い出してきた肉塊の化け物はティーダが切り落とした筈の脚も再生しており、特にダメージを受けている様子はない。

「ティーダ。貴女の能力は相手を斬り付けないと発動しないの？」

「いいえ。魔力さえ斬れば吸収出来るッスよ」

なるほど。確かに強力だが状況を選ぶ能力だ。周囲を見回していた目玉が私とティーダへと向けられる。私は手にしていた物をティーダへと差し出す。

「ティーダ。これを斬りなさい」

「えっ⁉　でも……」

「早く！　来るわよ！」

足音を響かせてこちらに向かってくる巨体を前に迷っている時間は無い。ティーダが大鎌を一薙ぎし【暴食の魔導書】を両断した。本来ならば、神器の生成に使用した魔力は破《は》壊《かい》されたとしても半分程は戻すことができるのだが、ティーダの大鎌で破壊された【暴食の魔導書】の魔力は一切《いっさい》回収することが出来なかった。そしてその魔力を吸収したティーダは僅《わず》かに顔を顰《しか》める。

「うぅ、すごい魔力ッスね」

「それを使って時間を稼《かせ》いで頂戴《ちょうだい》」

「了解《りょうかい》ッス」

ティーダが大鎌を肩《かた》に担《かつ》ぐように構えるとこちらに迫る醜悪《しゅうあく》な肉塊に向かって飛び出して行った。その速度は先程とは比べものにならない程に速い。一息で間合いは消え去りティーダの大鎌と異形の右腕がぶつかった。私の魔力を使っているティーダの強化された大鎌は何倍もの大きさを持つ拳を断《た》ち、そのまま腕を肩まで綺麗《きれい》に斬り飛ばした。その後身を沈《しず》めて地面と並行に大鎌の刃を走らせて六本の脚を全《すべ》て斬る。再生するとは言え、直ぐに動くことはできないだろう。ティーダが時間を稼いでくれている間に私は最上級魔法を構築する。私の魔法の気配を察したヒルデがティーダの援護《えんご》に入り、私が詠唱《えいしょう》しながら肉塊の化け物に視線を向けると、ティーダとヒルデと戦いながらもその大きな目玉は私を捉えていた。

「っ⁉」

目が合った瞬間、妙《みょう》な魔力を感じた私の意識は遠のいて行った。

「……う様」

少し肌寒《はださむ》い風を感じて私の意識は自分と言う形を取り戻した。

「……よう様」

誰かの声が耳に入り、肩を優《やさ》しく揺すられる。

「お嬢《じょう》様」

「……ん」

そっと目を開くとメイド服を身につけた黒髪《くろかみ》の女性が私を揺り起こしていた。

「……ミレイ？」

「おはようございます、お嬢様。そろそろ風が冷たくなってきますので、お休みになるのならお部屋へ」

お嬢様？　今はミレイは私をエリー様と呼んでいた筈だ。周囲を見ると綺麗に整えられた庭と大きな屋敷《やしき》が目に入る。見間違《みまちが》える筈がない。此処はハルドリア王国の王都に有るレイストン公爵邸《こうしやくてい》だ。

「……なんで」

「どうしたんだ？」

状況が理解できず混乱する私に、背後から声が掛けられる。その声が誰の物か直ぐに分かった。振り向き声の主を睨みつける。

「フリード」

「おいおい、どうしたんだ。いきなり睨みつけるなよ。ミレイ、何か有ったのか？」

「はい、殿下《でんか》。どうやらお嬢様は少々寝《ね》ぼけていらっしゃるようで」

フリードはミレイの言葉を聞くと小さく笑《え》みを浮《う》かべた。

「はは、君でもそんな事があるのだな」

その言葉に怒りが湧《わ》く。此奴《こいつ》は私に何をしたのか覚えていないのか？　フリードは私を……私を……。何が有ったのだったか？　どうにも頭が働かない。

「何を……しに此処に？」

「なに、政務が早く終わったからな。あまり時間はないが我《わ》が麗《うるわ》しの婚約者殿《こんやくしやどの》に会いに来ただけだ」

婚約者……そう……ね。

「そう。ごめんなさい、どうも調子が悪くて」

「風邪《かぜ》か？　王太子妃《ひ》教育で疲《つか》れているのだろう。今日は早く休んだ方がいい。部屋まで送ろう」

「ありがとう」

フリードが差し出した手を取り屋敷に向かう。すると屋敷の方に人影《ひとかげ》が見えた。

「おや殿下。いらしていたのですね」

「ああ、ジーク。邪魔《じゃま》している」

「お父様」

お父様は私をエスコートするフリードを見て少しだけ眉《まゆ》を寄せる。

「殿下。婚姻《こんいん》前にあまり接触《せっしょく》されるのは関心しませんな」

「エスコートしているだけだろう？　親バカも大概《たいがい》にしろ」

呆《あき》れた様に言うフリードにお父様は更に不機嫌《ふきげん》さをました。しかし、更に言葉を重ねる前に後ろから振り下ろされた扇子《せんす》がお父様の頭を打った。

「あなた！　いい加減に娘離《むすめばな》れして下さい！　主人が失礼致《いた》しました、殿下」

「気にしていないよ。レイストン夫人」

和やかに話すその女性は美しい金髪《きんぱつ》に私と同じ色の瞳《ひとみ》をしている。何度も肖像画《しょうぞうが》で見た顔だ。

「……お母様？」

「ん？　どうかしたのエリザベート」

「……いえ、何でもありません」

「おかしな子ね」

クスクスと笑うお母様。毎日の様に会っている筈なのに私は不思議な違和感《いわかん》を抱いた。

前方を歩く両親の背を追い、フリードにエスコートされて歩く。

「……だがサマンサ。この若造が私のエリザベートを……」

「お黙りなさい」

「親が娘《むすめ》の心配をして何が悪い」

「なら領地を丸投げしているあの子も気に掛けてあげて下さい」

「しかし……」

言い合いを続ける両親を他所にフリードは私に今日の仕事の話を振ってくる。

「……それで以前君が言った貧民層の救済案なんだが今日の議会で承認《しょうにん》された。今後は食《しょく》糧《りょう》や医療《いりょう》支援《しえん》と共に職業訓練や就業斡旋《あっせん》などの支援が行われる予定だ」

「それはよろしいですわね」

「それから新しい税の形を考えているんだ。君の意見も聞きたい。今の税制では富める者も貧する者も一律の税を納めているだろう？　だがこれでは民の貧富の差が広まるばかりだ」

「そうですわね。現在の法では貧民に対して免税《めんぜい》くらいしか出来ませんから」

「お前達はもう少し華《はな》の有る話は出来ないのか？」

お父様が呆れた様に言うとその場は笑い声で包まれた。

ある侯爵《こうしゃく》家で開かれたパーティに私はフリードにエスコートされて参加していた。挨拶《あいさつ》回りも終わり皆が談笑《だんしょう》を始めると私に声を掛《か》けて来る令嬢《れいじょう》が居た。

「ごきげんよう。エリザベート様」

「……ごきげんよう。ロゼリア様」

「どうかされましたの？」

「いえ……」

何だろう。先日からなんだか妙な違和感を抱いてばかりだ。

「あ、エリザベート様、ロゼリア様」

ロゼリアと談笑していると明るい声が私達の名を呼んだ。

「っ⁉」

振り向くとフリードの側近ロベルトにエスコートされたピンクの髪《かみ》の少女が目に入り、私は咄嗟に身構えた。

「エ、エリザベート様？」

「……シルビア様」

私はなぜ今身構えたりなどしたのだろうか？　彼女は友人だ。シルビア・ロックイート嬢。初めて会った時は、まだ貴族としてのマナーが身についていなかったが、今では立派な淑女《しゅくじょ》となっている。

「どうしましたの？　今日の貴女おかしいですわよ。お疲れなのかしら？」

「大丈夫《だいじょうぶ》ですか？　エリザベート様」

ロゼリアとシルビアが心配そうに私の顔を覗《のぞ》く。

「大丈夫。少し疲れているだけよ」

「もう直ぐご成婚《せいこん》ですからね」

「ふふ、貴女でも緊張《きんちょう》するのね」

私はロゼリアとシルビアに別れを告げて、フリードと共に早めにパーティを抜ける事にした。

天が祝福しているかの様な快晴の空の下、王都の神殿《しんでん》に国中の貴族、国外からの貴賓《きひん》が足を運んでいた。イブリス教の大司教が聖典を読み上げ神の愛を説くのを私はベール越《ご》しに聞いていた。純白に彼《かれ》の色である金糸の刺繍《ししゅう》が入ったドレスに身を包んだ私は、隣に立つ銀糸の刺繍が入ったタキシードを着たフリードの顔を盗《ぬす》み見ると私の視線に気づき微笑《ほほえ》みを向けられた。いつも通りだ。なのに未だに違和感は拭《ぬぐ》えない。そっと参列者を窺う。国王ブラートと留学先から駆けつけてくれた王女アデル、お父様とお母様、ロゼリアやシルビア、ロベルトの姿も有る。

誇《ほこ》り高い王、気の置けない友人、愛情深い家族、そして優秀《ゆうしゅう》で尊敬できる伴侶《はんりょ》。何一つ不満など無い人生。輝《かがや》かしい未来が待っている。それなのに……。

大司祭が一本の剣を取り出した。王族の婚姻で使われるこの国の国宝の一つ、初代国王が手にしていたと伝えられる剣だ。王族はこの剣に国の繁栄《はんえい》の為にその命を捧《ささ》げる事を誓《ちか》う。フリードは大司祭が抜き放ち捧げ持つ剣の刃に触《ふ》れながら誓いの言葉を述べる。次は私の番だ。一歩を踏《ふ》み出しフリードの隣に並び剣へと手を伸ばす。

……………マ……。

「え？」

今何か聞こえた気がした。

「エリザベート？」

フリードが小声で私の名を呼ぶ。そうだ、誓いの言葉を……。

……………ママ！

「っ!?」

頭の奥《おく》がズキリと痛む。今まで抱いていた違和感が膨れ上がり、ふと脳裏《のうり》に少女の姿が過った。赤と青の瞳を持つ美しい金髪の少女だ。

応接室のソファで待ち疲れて眠《ねむ》る少女。

私の手を引き湖に向かう少女。

少し不恰好《ぶかっこう》な花冠《かかん》を私の頭に載せて笑う少女。

この少女の名前は……。

「……アリス」

「どうした、エリザベート？」

心配そうにするフリードを見る。そうだ。私はコイツに……。大司教が手にする剣を奪《うば》い取り、フリードの首を斬り飛ばす。中を舞うフリードの頭。しかし、その顔は笑みを浮かべたままだ。周囲の者達《たち》も私へ優しい笑みを向けている。

「くだらない……本当にくだらないわ！」

魔力《まりょく》を込めてもう一閃《いっせん》。視界は歪《ゆが》み、体の感覚が消えて再び戻《もど》って来る。


「ママ！　ママ！」

目を開くと二色の目に涙《なみだ》を溜《た》めたアリスの顔が飛び込んできた。

「ア、アリス」

「エリー会長！　大丈夫ですか⁉」

アリスの側にはルノアも居る。肉塊の化け物との戦闘《せんとう》はまだ続いており、ティーダとヒルデが応戦している。意識がなかったのは数十秒か長くても数分の様だ。

「ありがとう、二人とも。もう大丈夫よ。早く逃げなさい」

早く二人に合流しなくては……その思いが私に一瞬《いっしゅん》の隙を作ってしまった。黒い影《かげ》が伸びたと思った瞬間、アリスの悲鳴が耳を打つ。

「アリス⁉」

「アリスちゃん！」

黒い触手《しょくしゅ》に搦め捕られたアリスは肉塊の化け物の頭上に掲げられる。人質《ひとじち》のつもりか！ティーダとヒルデもアリスを巻き込むことを恐《おそ》れ距離を取る。しかし、私の予想は外れた。あれに人質などと言う考えは無かったようだ。ドンドルを喰《く》らった時と同じく口を大きく開き泣き叫《さけ》ぶアリスを噛《か》み砕こうとしていた。慌《あわ》ててティーダとヒルデが動くが間に合わない。アリスが死ぬ。その光景を想像して私の視界は真っ赤に染まった。地下牢《ちかろう》で国に裏切られた時に感じた物と近いようで違《ちが》う感覚だ。

「神器【嫉妬の魔導書《グリモア・レヴィアタン》】」

咄嗟に使った神器。この【嫉妬の魔導書】は私の切り札の一つだ。勿論《もちろん》、強力な効果に比例する様に厄介《やっかい》な代償《だいしょう》があるのだが、そんな事は頭から抜け落ちていた。

物質化した緑色の魔導書を素早《すばや》くめくり、目的のページを開いた私は更に魔力を込める。

「神器再生【雷神の剣《グラザー・ミューチエ》】」

【嫉妬の魔導書】は消え去ると同時に雷《かみなり》を纏う大剣へと変じた。【嫉妬の魔導書】は神器を記録する魔導書だ。他者の神器を蒐集《しゅうしゅう》して使用できる。勿論、蒐集するには幾《いく》つか条件がある上、使用するのも大きなリスクがある。今回使用したこの神器はハルドリア王国国王ブラート・ハルドリアの神器だ。紫電《しでん》を撒《ま》き散らす大剣を構えた私の体は閃光《せんこう》へと変わる。この技があの脳筋が大陸最強の一人と言われる所以《ゆえん》となった物……【雷精化】と呼ばれる奥義《おうぎ》。今の私では数秒しか維持《いじ》出来ないだろうが、充分《じゅうぶん》だろう。

「私の娘を……返しなさい！」

水平に打ち出された雷の如く走った私はアリスを捕《と》らえていた触手を焼き切りアリスを抱えて止まる。

「ええ⁉　エリーさん？」

「今何が起こったの⁉」

驚く二人に答えるのは後回しだ。

「アリス、怖いのは直ぐに終わるからもう少し頑張《がんば》ってね」

アリスが頷《うなず》くのを感じながら私は大剣を振《ふ》り上げる。

「消えなさい【雷神の鉄槌《トール・ハンマー》】」

紫電を纏う大剣を振り下ろすと轟音と共に雷光《らいこう》が周囲を眩《まばゆ》く染めた。ティーダとヒルデはギリギリのところで攻撃範囲《こうげきはんい》の外へと退避《たいひ》したが、巨体を持つ化け物は躱《かわ》しきれずに直撃《ちょくげき》を受けた。空から振り下ろされた戦鎚《せんつい》のごとき雷が地響《じひび》きと共にその身を焼く。その圧倒的《あっとうてき》な熱量は再生する端《はし》から肉体を焼き消し炭に変える。閃光が収まるとそこには原型を留《とど》めてすらいない煤《すす》が残されているだけだった。唖然《あぜん》とするティーダとヒルデの視線を無視して【雷神の剣】を消す。

「エリーさん。今の神器は……」

「あれは……くっ」

私は急な脱力感に足の力が抜けて膝《ひざ》をついてしまった。

「ママ⁉」

「エリーさん！　大丈夫ッスか⁉」

「大丈夫、よ。ただの……魔力切れだから……」

そう伝えたところで体を支える事も出来なくなりその場に倒《たお》れてしまった。縋《すが》り付くアリスと走り寄ってくるティーダとヒルデの姿を視界に収めたところで私は意識を手放したのだった。

◇

「昨日は大変だったわね」

私はヒルデの屋敷の一室でソファに腰《こし》を下ろし、ミレイに淹《い》れてもらった珈琲《コーヒー》を口にしながらヒルデと向かい合っていた。ヒルデが好意で屋敷に部屋を用意してくれたので宿は既《すで》に引き払《はら》っている。

「ええ。それだけの大事件だったのだから仕方ないわ。ところで体調はもう良いの？」

「大丈夫よ。一晩眠ったら魔力が回復したから。どちらかと言うとこっちの方が大変ね」

そう言って私の膝に頭を乗せて眠るアリスの頭を撫《な》でる。私が魔力切れで倒れてから離れないのだ。

「慕《した》われているわね」

「ふふ、悪くない気分よ」

お互《たが》いに笑みを交わすとヒルデは珈琲で口を湿《しめ》らせる。

「しかし、あれ程の犯罪組織がこの街に巣食っていたとはね」

「これからが大変でしょう？」

「まったく、後始末をする身にもなって欲《ほ》しいものよ」

「ところで、そのイブリス教の大司教達は何故《なぜ》子供を拐っていたの？　子供の魔力が目当てならわざわざ拐わずとも殺して魔力だけ奪った方が手間が少ないでしょ」

「生き残りを尋問《じんもん》した者の報告によると、どうも人間から無理やり抽出《ちゅうしゅつ》した魔力は水晶玉《すいしょうだま》に込めても数時間で霧散《むさん》し始めてしまうらしいわ。その上、治癒《ちゆ》に使う魔力は治癒される者の魔力との相性によっても変えなくてはいけないそうよ」

「なるほど、なので遺跡《いせき》の地下に子供達を生かしたまま捕らえていたのね」

「捕らわれていた子供達の内親や親類がいる者はそこに送り届ける様に手配していたわ。中には他国から連れてこられた子供もいたようね」

どうやらフリードがお金を貰《もら》ってドンドルが子供を連れて国境を越えるのを見逃していたらしい。それを示す証拠《しょうこ》はティーダが押さえていた。イブリス教の不祥事《ふしょうじ》でもあるので大々的には無理かも知れないが、ハルドリア王国にもそれなりの余波が及《およ》ぶ筈《はず》だ。行き場のない子供達はヒルデが支援する孤児院《こじいん》に引き取られる事になった。ケレバンとは別の街に有るその孤児院に向けて、近々子供達を乗せた馬車が出発する。そして行き場のない子供達の中から二人を、私が引き取る事になった。あのルノアと一緒《いっしょ》に子供達を守ろうとしていた少年ナナキと、魔法《まほう》の素質を持った少女ドロシーだ。この二人の身の振り方も含《ふく》めて帰ったら少し忙《いそが》しくなるかもしれない。出来ればアリスとの時間を確保したいから何か方法を考えるべきだろう。ヒルデの方も誘拐《ゆうかい》を実行していたイブリス教と裏で結びついていた代官を捕縛《ほばく》したり、領主であるコーバット侯爵に連絡を取ったりと忙しくなる。しばらくは徹夜《てつや》になるだろうと愚痴《ぐち》を吐《は》き出していた。

「そう言えばあのティルダニア猊下はどうしたの？　あの方にも部屋を用意したのだけれど朝から姿が見えないわ」

「ティーダは枢機卿《すうききょう》として集まった聖騎士団《きしだん》の指揮を執《と》らなくてはならないと、崩《くず》れた遺跡に行ったわ。本人は面倒臭《めんどうくさ》いと必死に抵抗《ていこう》していたけれど、朝早くに聖騎士団の分隊長だと言う騎士に連れ出されたそうよ」

「彼女《かのじょ》も大変ね。おチビさん達は？」

「ルノアはミーシャに会いに行ったわ。ミーシャの傷は治癒しているものの流した血は多くてまだ安静にしていなければならないみたいね。ヒルデが呼んでくれた医者のおかげでそこは問題ないのだけれど、どうもアリスとルノアを守れなかった事を相当気に病《や》んでいるらしいのよ」

「あら」

「確かにミーシャは歳《とし》の割には戦える方だけれど、あの子はあくまでも私の従者として側に置いていて護衛じゃないと言っているんだけど、でも自分がもっと強かったら、アリスとルノアが危険な目に遭う事は無かったと言って聞かないのよね」

「若いわね」

「そりゃあまだ成人もしていないから当然よ」

「理想と現実の狭間《はざま》で葛藤《かっとう》するのは若者の常《つね》よ。時間と対話で解決するしかないわ」

「流石《さすが》年の功ね。説得力が有るわ」

「ちょっと！　私は人族換算《かんさん》ではまだ二十代よ」

口を尖《とが》らせるヒルデに謝罪し一つ頼《たの》み事《ごと》をする。

「申し訳ないのだけれど、もう数日泊《と》めてもらっても良いかしら？」

「ええ、勿論良いけれどこの街でまだ何か仕事があるの？」

「そういう訳ではないのだけれどね……私が最後に使ったあの神器、あれは一度使用したらその後、数日魔力が一切使えなくなるのよ。今の私は神器は勿論、魔法もスキルも使えないわ」

「……それ、私に言って良いの？」

「ふふ、黙《だま》っておいてね」

そう頼むとヒルデは肩を竦《すく》めるのだった。

◆

フリードは高価な酒を一息に飲み干すと酌《しゃく》をしていたシルビアに酒盃《しゅはい》を差し出した。

「フリード様、今日は飲み過ぎではないでしょうか？」

「うるさい！　お前は黙って酒を注げば良いんだ。どいつもこいつも王太子である俺《おれ》を馬鹿《かば》にしやがって！　ロゼリアは不敬な発言を繰《く》り返し、父上は国王だと言うのに宰相《さいしょう》の言いなりになり、挙げ句の果てには南大陸に留学し、そのまま向こうの有力者に嫁《とつ》ぐ筈だった異母妹《アデル》を呼び戻しその傀儡《かいらい》になれと言う！　こんな理不尽《りふじん》が許される訳がない！」

シルビアは怒《いか》りで唾《つば》を飛ばすフリードを刺激《しげき》しないように話を合わせる。

「そうですよね。今まで国の為《ため》に頑張ってきたのはフリード様なのに外国で遊んでいたアデル様がとって代わるなんて……」

「異国の売女《ばいた》の娘の分際で！」

フリードの母親である正妃《せいひ》はフリードが幼い頃《ころ》に流行《はや》り病で亡《な》くなっており、アデルの母親は第二妃だ。第二妃ギョクリョウはレキ帝国《ていこく》の帝室《ていしつ》の出自で当然高貴な身なのだが、フリードは南大陸に住むのは野蛮人《やばんじん》ばかりだと言う根も葉もない噂《うわさ》を信じていた。

「くそ！　くそ！　くそ！　俺の国を乗っ取る阿婆擦《あばず》れ共が！」

フリードは怒りに任せて調度品を薙《な》ぎ倒す。

「きゃっ!」

砕《くだ》けたガラスの破片《はへん》がシルビアの手を掠《かす》め、肌《はだ》に赤い筋を滲《にじ》ませた。フリードは手を押さえるシルビアに何かを言いかけたが、その言葉を飲み込み部屋を出ていった。その後ろ姿をみてシルビアは呟《つぶや》く。

「やっぱりこのままじゃ不味《まず》いかも……お父様に連絡して逃《に》げる用意をした方が……」

ロックイート男爵《だんしやく》はシルビアに愛情など持ってはいない。愛人との子供であるシルビアは本妻の子供達とは明確に区別されていた。しかし利用価値はあると思っている。このままフリードと共に沈むくらいなら何処《どこ》か遠くの資産家に売った方が利があると考えるだろう。それくらいの勝算はシルビアにもあった。

「帰省って事で領地に帰ってそのままどこか遠くへ。お父様を説得するには……」

シルビアのひとりごとを遮《さえぎ》るようにノックの音が聞こえ、シルビアが返事をする前に扉《とびら》が開き王宮の侍女《じじょ》が部屋に入ってきた。平民のメイドならその無礼を咎《とが》めるところだが王宮で働く侍女のほぼ全員が貴族だ。王太子であるフリードが側に居ない所で敵対するのは得策ではないとシルビアは何も言わなかった。

「失礼致します。シルビア様、緊急《きんきゅう》のしらせが入っております」

侍女は形式的にシルビアに一礼すると手紙を差し出した。シルビアが受け取ると侍女はすぐに部屋を出ていく。その態度に不快になったがフリードの権力が低下しているいま文句を言うことも出来ない。ため息を吐いたシルビアは受け取った手紙を開き目を通す。

「えっ⁉　そ、そんな……」

手紙を読んだシルビアは顔を青くしてその場に座《すわ》り込《こ》んでしまった。

ハルドリア王国の王城の一室、急遽《きゅうきょ》用意された執務室《しつむしつ》で王国の第一王女であるアデルは正式に直属の臣下となったロゼリアと共に山の様な書類を相手にしていた。アデルが王太子代理の仕事を引き継《つ》ぎ、多くの問題の中からまず始めに手をつけたのが帝国との偽金《にせがね》問題の対処だった。ブラートやジークは多発する魔物《まもの》の異常発生への対応や通常業務で手一杯《ていっぱい》であり、新たに持ち上がったこの問題に対処する時間が取れていない。アデルは国内の無駄《むだ》を整理して資金を捻出《ねんしゅつ》し、更《さら》にその過程で明らかになった不正を働く貴族から罰金《ばっきん》を徴収《ちょうしゅう》、それを払えない貴族や罰金で済まない程の罪を犯《おか》していた貴族を処断し、没収《ぼっしゅう》した領地を整理し、帝国に面した領地を持つ貴族を説得し、彼らに代替地《だいたいち》として没収した領地を与《あた》えるなどして用意した領土を帝国へ割譲《かつじょう》する事で、ようやく帝国との和解が成立した。その結果、王国は領土を失い、貴族も減った。これだけを見ると王国の弱体化だが、実情は違う。足を引っ張っていた不正貴族を排除《はいじょ》し、領土を縮小した事で王国の国力はそこまで落ちる事は無かった。寧《むし》ろフリードに与《くみ》していた貴族の力を削《そ》ぎ、中立を保っていた貴族にフリードへの不信感を植え付ける事が出来た。

「アデル殿下！」

執務室の扉を蹴破《けやぶ》るような勢いで飛び込んで来た財務大臣を務めていたランプトン侯爵がアデルの机に両の手を叩《たた》きつける。

「どういうおつもりですか⁉」

「君こそどういうつもりだい？　入室の許可も無くボクの執務室に入ってくるなんて無礼じゃないのかな？　元財務大臣」

「……やはり私を排除しようとしたのは殿下でありましたか」

「濡《ぬ》れ衣《ぎぬ》は止めておくれよ。君が失脚《しっきゃく》したのは君の息子《むすこ》がやらかした所為《しょい》だろ？」

「あの愚《おろ》か者との縁《えん》は切った上、十分な賠償《ばいしょう》をした筈です！」

「駄目《だめ》だね。帝国側から提示された証拠書類には目を通したのかい？　君は子息が金貨の偽造《ぎぞう》と言う重罪を犯している事を承知していて黙認《もくにん》していた。君の罪は明らかだよ。今は財産の没収だけだけど近いうちに御家《おいえ》の取り潰《つぶ》しと投獄《とうごく》まで行くだろうから身の回りの整理くらいはしておきなよ」

「殿下！　お考え直し下さい！　私は財務大臣として長年国に尽《つ》くしてきたのですよ！」

「今までご苦労様。でも君は今後の王国に必要ない」

財務大臣は取り付く島も無いアデルに顔を真っ赤にするが、何も言わずに踵《きびす》を返した。

その背中にアデルは追《お》い討《う》ちをかける。

「ああ、それから君には監視《かんし》がついているから逃げても無駄だよ」

「…………失礼する！」

肩を怒《いか》らせて出ていく財務大臣にアデルは視線を向ける事もなく次の書類に手を伸《の》ばした。


「ロゼリア。この書類は不備があるから軍部に戻しておいて」

「畏《かしこ》まりました…………アデル殿下。本当にこれでよろしかったのですか？」

「ん？　良いんだよ。その書類の不備は軍部の責任なんだから戻して訂正《ていせい》させれば良いよ」

「いえ、そうではなく……これではアデル殿下も王国に裏切られたエリザベートと同じではないでしょうか？　わたくしは期間限定の補佐官《ほさかん》でしたが、アデル殿下は王族なのですから終わりがないではありませんか。王国はアデル殿下も使い潰すつもりなのでは？」

「ああ、そういう話か」

アデルは持っていた書類を書類の山の上に戻してロゼリアに視線を向けた。

「確かにボクにエリザベート姉様の代わりをさせようと言う意図は有るだろうね。でもエリザベート姉様とボクには決定的な違いがあるんだよ」

「違いですか？」

「うん。ボクには王位継承権《けいしょうけん》がある」

アデルの発言の真意を理解し、ロゼリアは息を呑《の》んだ。

「アデル殿下……」

アデルはロゼリアに頷く。

「ボクは王位を取るよ。兄上の様な愚物《ぐぶつ》に国を任せる事なんて出来ない。兄上にはボクの為に負の遺産を抱《だ》いて沈んで貰う」

兄を利用して切り捨てる事を決めたアデルにロゼリアは未来の王の姿を見た。自身にはない才能。民を思う心と国の為に悪をなす事を躊躇《ためら》わない冷酷《れいこく》さを併《あわ》せ持つアデルのカリスマにロゼリアは自然と頭を垂れた。

「アデル殿下の御覚悟《おかくご》は理解致しましたわ。わたくしもその未来の為に微力《びりょく》を尽くしたいと思います」

「よろしく頼むよ。ロゼリア」

緊張感に満たされた執務室の空気が弛緩《しかん》した時、マオランが報告を持ってやって来た。

「アデル様、ロゼリア様。先程《さきほど》、こちらの報告が……」

マオランが差し出した報告書を目にしたアデルは顔を顰め、ロゼリアは顔色を白く変える。

「やってくれたね、エリザベート姉様」

「エリザベート！　これをエリザベートがやったと言うんですの⁉」

「確証はないけどね。少なくとも関《かか》わっていないという事はないと思うよ」

「そんな……」

ロゼリアは揺《ゆ》れる瞳を報告書から離《はな》せなくなっていた。

「……ロゼリア、マオラン。この件にエリザベート姉様が関わっている可能性が有る事は口外しないように」

「何故でしょうか？」

「これを見て」

アデルが差し出した報告書には今回の件で使用された武器に関する物だった。それは獣王連合国で主に使用されている物だ。この武器が大量に王国内にあるのは不自然だ。

「まさか獣王連合国が⁉」

「うん。エリザベート姉様が獣王連合国と組んでいるのか利用しているのかは分からないけどね。獣王国との外交問題にもなりかねないから、この件はレイストン公爵《こうしゃく》に任せようかな」

◇

帝都《ていと》に戻った私は誘拐されていたアリスとルノア、大怪我《おおけが》をしたミーシャの精神的なケアを気にしながら日々を過ごしていた。引き取った二人の子供、ナナキとドロシーにもその素質に合わせた仕事を与えておいた。ナナキは戦闘センスがある様なので警備部門に、ドロシーはその魔法の才能を伸ばす為に錬金術師《れんきんじゅつし》の下でアシスタントをしながら勉強している。それらの采配《さいはい》が終わりようやくアリスとの約束を実行出来そうになった。そんな折、ミレイがある報告を持って来た。

「エリー様。バアルが例の件で報告書を上げて来ました」

報告書を受け取った私は端から目を通していった。

街の外れにある廃墟《はいきょ》の一角でバアルは先に潜入《せんにゅう》していた配下からの報告を受け取っていた。

「ほう、随分《ずいぶん》と敵意が集まっているな」

「はい。我々が流した情報も有りますが、元々この領の領主は重税と賦役《ふえき》で民衆からの支持が離れていました」

バアルが潜入したのはハルドリア王国のロックイート男爵領の領都。ロックイート男爵領は偽金貨《にせきんか》事件の賠償としてかなりの領土が帝国へ割譲された為、帝国の領土に接する事になった領地である。ロックイート男爵家の当主であるダイン・ロックイートはフリードの婚約者シルビアの父であり、シルビアが王太子の婚約者となった事でかなり羽振《はぶ》りの良い生活をしていたらしい。バアルはエリーから聞いたターゲットの情報を反芻《はんすう》しながら配下に現状を確認《かくにん》する。

「それで、武器の方はどうだ？」

「はい、そちらも順調です。流れの商人を装って質の良い物をばら撒き、更に盗賊《とうぞく》団に武器を流してから討伐《とうばつ》、冒険者《ぼうけんしゃ》の戦利品として纏《まと》まった数を領内に持ち込んでいます。事が始まった後はダミー商会の倉庫からも掠奪《りゃくだつ》に偽装《ぎそう》して武具を放出する用意が有ります」

「そうか、領主の方の軍備は？」

「大した事はありませんね。元々帝国の国境に接していた領地ではありませんでしたから。領内の治安維持も適当ですし、トレートル商会の護衛の方が装備、練度共に優《すぐ》れているくらいです」

「なるほど、どうやら早めに帰れそうだな」

数日後、バアルは配下を引き連れて一軒《けん》の酒場へとやって来ていた。酒場のドアを蹴《け》り破り中に押《お》し入ると、そこでは男達が卓《たく》を囲んで話し合いを行っていた。奴《やつ》らはいわゆるレジスタンスと呼ばれる者達だ。ロックイート男爵への反抗《はんこう》を企《くわだ》てている領民の中核《ちゅうかく》である。

「ば、馬鹿な⁉　何で此処《ここ》が……ぎゃ！」

「ひっ！　う、うがぁ！」

「やばい！　逃げ……ぐふぅ」

慌て出す男達をバアルと配下達は次々と斬《き》り伏《ふ》せて行った。

「クソ！　領主の野郎《やろう》！　問答無用かよ！」

「ちくしょう！　ちくしょう！」

現在のバアル達はこのロックイート男爵領の家紋《かもん》の焼印が入った革鎧《かわよろい》を身に着けている。レジスタンスから見れば反抗を察知した領主が兵を差し向けて鎮圧《ちんあつ》しようとしている様に見えるだろう。

「皆殺《みなごろ》しにしろ！　一人も逃《のが》すなとロックイート男爵様の命令だ！　反逆者共を殺せ！」

わざとらしくロックイート男爵の名前を出す。そして逃すなとは言っているが半数は逃す予定だった。程よく殺してほどほどに撤退《てったい》。事前に増税の噂や領主の横領の情報を流して国や領主への悪感情を煽《あお》られていた領民は、これをキッカケに大規模な反乱を始める。

街中に潜《ひそ》むバアルの視線の先では武器を手にした民衆が十人程駆《か》けて行った。今頃《いまごろ》、配下達が街のあちこちに火を付けて回る筈だ。

「お嬢《じょう》もだいぶイカれちまってるな」

タバコを吹《ふ》かしながら誰《だれ》にともなく呟いたバアルの言葉に側にいた配下の一人が問い返す。

「あのお方が？」

「貴族にこき使われても義務だからと自分を押し殺す様に教育されていた所為で元々不安定だった精神が、ブチ切れた事で一八〇度振《ふ》り切れたんだよ」

「元々……ですか？」

「考えてもみろ。王国を出た時のお嬢は成人したばかりだったんだぞ。そんな小娘《こむすめ》が自身を完全に殺して国の為に命を捧げる事になんの疑問も持っていなかったんだ。これが狂《くる》ってない訳ないだろ」

「それは……」

思い当たる所が有ったのか配下の男は言葉に詰《つ》まる。

「お嬢は身内には慈悲深《じひぶか》いが嫌《きら》っている王国貴族には全く容赦《ようしゃ》しない。矛盾《むじゅん》しているだろ？　無関係な民衆を巻き込む事に躊躇《ちゅうちょ》も無い。あのロベルトのクソガキをハメた時もかなりの人間が死んだ。今回の反乱でも老若男女《ろうにゃくなんにょ》問わず多くの領民が死ぬ。早いところ報復を終わらせて静かな時間を過ごして貰わないとお嬢の心が保たないかもしれねぇな」

街に散っていた配下達がバアル達が潜んでいた町外れの倉庫に音もなく入って来た。

「バアルさん、民衆が衛兵詰所《つめしょ》を占拠《せんきょ》したそうです」

「これから領主の屋敷《やしき》か？」

「ええ。既に包囲が始まっています」

「よし。俺達《おれたち》も動くか。お嬢に男爵の首を土産《みやげ》にしてやらないとな」

冗談《じょうだん》と共にタバコを放り捨てる。部屋の隅《すみ》に積まれた雑多なガラクタに燃え移り、煙《けむり》が上がるが気にしない。

「首など持ち帰ってもあの方は嫌《いや》がりますよ、多分」

「なら、代わりに金庫の中身を頂くか。それなら喜ぶだろ？　どうせ民衆に掠奪されるんだからな」

バアルは漂《ただよ》って来る血の臭《にお》いと木霊《こだま》する誰かの悲鳴を耳にし、機は熟したとばかりに歩き始める。悲鳴と喧騒《けんそう》に包まれたロックイート男爵領の領都の裏路地を配下を引き連れて進む。配下の手によって街には火が放たれており、大通りは逃げ惑《まど》う人々、領主を狙《ねら》う者や掠奪を行う者で溢《あふ》れていた。

「おい、早く来るんだ！」

「ま、待って、お父さん」

別の路地からバアル達の前に子供の手を引いた父親が飛び出し、遅《おく》れて母親が姿を見せる。

「おい！　こっちは危ないぞ！　君達も早く逃げるんだ！」

三人の家族が小走りでバアル達に近づくと、父親がそう言った。

「はぁ、嫌な仕事だな」

「へ？」

バアルは素早く抜《ぬ》いた短剣《たんけん》で父親の首を斬りつけた。

「うわぁああ！」

「いやぁあ！　アナタぁ！」

首から血飛沫《ちしぶき》を上げながら倒れる父親の姿に悲鳴をあげる母親の喉《のど》に短剣を突《つ》き立て、返す刀で子供の心臓を背中側から貫《つらぬ》く。子供の背中から引き抜いた短剣の血を振り払ったバアルは配下に命令する。

「目撃者《もくげきしゃ》は殺せ。例外は無い」

「了解《りようかい》」

遭遇《そうぐう》した街人を殺しながら領主の屋敷に到着《とうちゃく》したバアル達は、事前に入手していた情報通り警備が手薄《てうす》な場所を狙い、見張りの兵を殺して屋敷に侵入《しんにゅう》した。屋敷の周りを民衆に囲まれて混乱するロックイート男爵の屋敷は警備兵の連携《れんけい》もガタガタで、民衆に踏み込まれるのも時間の問題だった。屋敷内《やしきない》を静かに進むバアルは遭遇したメイドや従者見習いを始末し配下達に手早く指示を出す。

「此処からは二手に分かれるぞ。俺は男爵を殺る。お前らは宝物庫へ行って民衆の掠奪の様に偽装しろ」

「はい」

「分かりました」

配下と別れ、真《ま》っ直《す》ぐ屋敷の中心部へと向かうバアル。この手の屋敷の構造にはある程度のテンプレートが存在し、家主が立て篭《こ》もる部屋は大体決まっている。予想した通り大きく頑丈《がんじょう》そうな扉の前に武装した兵が四人、不安そうな表情で立っていた。兵達はお互いに顔を見合わせて、不安を紛《まぎ》らわせるかのように何かを話している。警備なのに少し先の廊下《ろうか》の角に潜むバアルの気配に気づく事もない。圧倒的に練度が足りていないのだ。バアルはハリボテの兵達との間合いを一足で詰めると、一番近い兵の首を手刀で叩き折る。仲間の首が不自然な方向に折れ曲がるのを驚愕《きょうがく》の表情で見つめる兵達。せめて臨戦態勢くらい取れよ、と呆《あき》れ顔で呟きながら残りの三人の兵を拳《こぶし》で砕き、蹴りでへし折り、抜き手で貫き殺す。その間五秒も掛《か》かっていない。バアルはあまりの手応《てごた》えの無さに誰にともなく肩《かた》をすくめてみせた。そして大きな扉を思いっきり蹴り破る。大木が倒れたかの様な音を立てて開かれた扉の奥には丸々と太った男が一人。その男を守る様に位置取る武装した男女が四人。部屋の前の兵とは違い、突如《とつじょ》現れたバアルにも素早く陣形《じんけい》を組み武器を向けていた。護衛として急遽雇《きゅうきょやと》った冒険者か傭兵《ようへい》だろう。

「紅蓮《ぐれん》の炎《ほのお》よ　我《わ》が敵を焼き尽くせ【火球《ファイア・ボール》】!」

魔導師《まどうし》風の男が人の頭程もある炎を放つ。

「ふっ!」

しかし、それは魔力を纏ったバアルの蹴りで霧散する程度の物。【火球】に身を隠《かく》す様に走り寄っていた槍《やり》使いの女が突き出す刃《やいば》を首の動きだけで躱しカウンター気味に顎《あご》を蹴り上げ首を折る。

「マデュラ！」

仲間を殺されて動揺《どうよう》したのか、詠唱中《えいしょう》だった魔法が乱れた魔導師にナイフを投擲《とうてき》し、雄《お》叫《たけ》びを上げて迫《せま》る剣士《けんし》に槍使いの女の死体を投げつける。体勢が崩れた剣士を槍使いが手にしていた槍で貫き、その手から奪った剣で喉にナイフが突き刺《さ》さりのたうち回っていた魔導師に止めを刺す。そして仲間を瞬《また》く間《ま》に殺され、腰を抜かして失禁しながらガタガタと震《ふる》える治癒《ちゆ》魔《ま》導師の少女の首を刎《は》ねた。

「まだまだ経験が足りないな。悪くはなかったが、俺を止めるには二十年早かったな。さて、後はお前だけだ」

バアルは唖然とするロックイート男爵にゆっくりと歩み寄る。

「ま、待て！　か、金だろ！　金ならいくらでもくれてやる！　よ、よせ！　来るな！　私は次期王太子妃《ひ》の父だぞ！」

バアルは喚《わめ》くロックイート男爵の右足を膝から切り落とした。

「ひっ！　ま、待て！　待ってくれ！　ワシが悪かった！　これからは無茶《むちゃ》な賦役はしない！　税も減らす！　だから……ぎゃあ！」

ナイフを左足の腿《もも》に突き立て踏《ふ》みつける。

「悪いが俺はアンタの領民じゃねぇ」

「はぁ？」

間抜《まぬ》けな顔で目を丸くするロックイート男爵にバアルは一切《いっさい》感情を出さない視線で告げる。

「俺はアンタを殺せと言われただけだ」

「な！　だ、誰だ！　アルスマン男爵か⁉　それともスレンガン子爵《ししゃく》か⁉　それとも……」

「エリザベート・レイストン」

「っ⁉」

バアルがその名を告げると、ロックイート男爵は顔面を蒼白《そうはく》にして歯をガチガチと鳴らし出す。

「そ、そんな……エ、エリザベート嬢が……」

「お前は娘《むすめ》のシルビアを利用してお嬢を蹴落《けお》としたんだろ？　今後の作戦でシルビアが逃げ出さないように実家を潰しておく事にしたそうだ」

「…………ち、違う、違う！　誤解なんだ！　私はあのバカ娘に王太子を誑《たぶら》かせなどと命じていない。エリザベート嬢に……エリザベート様に会わせてくれ！　エリザベート様に忠誠を誓《ちか》う！　必ず！　ワシは必ずお役に立……あ？」

顎を蹴られ、脳を揺らし倒れ込むロックイート男爵の胸に足を乗せ、少しずつ力を込める。

「もう黙れ」

「……ひゅ！　……ま、まっ……て……ぎびぇ⁉」

肋《あばら》が砕け、内臓に突き刺さったロックイート男爵は大量の血を吐き出しながら暴れ、二度と動かなくなった。

「バアルさん」

「おう、終わったか？」

「はい。宝物庫に有った現金は持てるだけ頂き、その他は適当に荒《あ》らしておきました。それと使用人を数人、あとロックイートの妻と息子、娘と名乗る奴らが居たので殺しておきました」

「ご苦労、帰るぞ」

ロックイート男爵の屋敷に火をつけた後、バアルは配下を連れて帝国へと戻《もど》るのだった。

「バアルからの報告は以上です」

「ご苦労様。王国の対応は？」

「エリー様の策通り、内乱に見せ掛けた獣王国の襲撃《しゅうげき》ではないかと疑っているようです」

「獣王国は武威《ぶい》と名誉《めいよ》を第一とする国。ブラートの武人としての力を認めて属国になってはいるけれど真の意味で服従している訳ではないわ。本当に獣王国の者による襲撃なら良いけれど、疑っておいて違《ちが》っていた時には獣王国との関係は破綻《はたん》するでしょうね」

「はい。それ故にレイストン宰相が本件の調査の為に獣王国に向かうとの情報が入っています」

「上手《うま》く釣《つ》れたわね」

私は手の内で液体の入った小瓶《こびん》を弄《もてあそ》ぶ。獣人《じゅうじん》族が忌避《きひ》感を抱かず使用出来るように調整された香水《こうすい》だ。その他に新開発の化粧品《けしょうひん》も十分に用意した。

「ミレイ。獣王連合国へ行くわよ」

◇◆☆◆◇

ケレバンの街にある五人掛けのカウンターのみの小さな酒場に一人の客が足を踏み入れる。アンティークランプで照らされたシックな店内に魔導ラジオから流れる人気アイドルグループのポップミュージックが意外な程にマッチしていた。人が好《よ》さそうな店主がグラスを拭《ふ》く手を止める事なく客を席に案内する。

「いらっしゃい」

「こんばんわ。取り敢《あ》えず何かオススメを頼むよ」

「はいよ」

店主が癖《くせ》のない無難な酒を出し、フライパンを握《にぎ》り手早く肴《さかな》をつくり始めると客は店主に問いかける。

「マスターはこの店は長いのかい」

「そうですね。私で十二代目になります」

「へぇ。俺、公国で雑誌記者をやってるんだけど、昔この街であった誘拐事件について何か知らない？」

「誘拐事件ですか？」

店主は客の問いに少し考える素振《そぶ》りを見せた後、香《こう》ばしい香《かお》りが立つフライパンの中にスパイスを振《ふ》りかけながら答える。

「そうですね。確かまだ公国が王国と呼ばれていた頃、そんな事件があったと聞いていますね。確か、当時この街の顔役だった《銀蝶《ぎんちょう》》があの《白銀の魔女《まじょ》》と共に事件を解決し

た と聞いていますね」

「そうそう。その事件の特集を企画《きかく》してるんだけど、何か面白《おもしろ》い話とかないかな?」

「面白い話ですか……証拠などはありませんが、その誘拐事件の解決にはティルダニア・ノーチラス様が関わっていると言う話を聞いたことがありますな」

「ほう! あのイブリス教の《慈愛《じあい》の聖女》ティルダニアが関わっていたのか」

「噂ですよ。なんでも当時カジノで遊び、酒場を渡《わた》り歩いていたティルダニア様が偶然《ぐうぜん》誘拐犯《はん》のアジトを発見したとか」

「おいおい。ティルダニアと言えば清廉潔白《せいれんけっぱく》で品行方正な聖女だったたって話だろ? そんな人間がギャンブルや酒を嗜《たしな》むのか?」

「ですから眉唾物《まゆつばもの》の話ですよ。ですがこの店にも訪《おとず》れたと聞いていますよ。そしてこれが聖女様が大変気に入っていたと言う蒸留酒です。本当かどうかは怪《あや》しいですがね」

そう言って店主が取り出したのはかなり強い酒だった。

「ははは、商売上手だな。記事にはならないが蒸留酒は貰うよ」

「畏まりました」

店主は冷凍庫《れいとうこ》から取り出した氷をグラスに入れ、蒸留酒を開け琥珀色《こはくいろ》の液体を注ぐのだった。

ユーティア帝国　コーバット侯爵領《こうしやく》　ケレバンの街の酒場『隠《かく》れ穴《あな》』十二代目店主　マイケル・ホフマン談

◆あとがき

はじめまして。あるいはお久しぶりです。はぐれメタボです。

この度は拙作『ブチ切れ令嬢は報復を誓いました。3～魔導書の力で祖国を叩き潰します～』を手に取って頂き、ありがとうございます。

最近はまたコロナウイルスの感染者が増えて来ていますね。幸い私は罹患する事も無く、ワクチンの副反応も大した事がありませんでした。季節の変わり目という事もあり、体調を崩す方も多いかと思いますが、皆様もどうか体調には気を付けてお過ごし下さい。

さて、エリザベートの養子となったアリスなのですが、彼女はｗｅｂ版の構想段階では影も形も無かったキャラクターです。直前になって思い付き、『オッドアイの金髪幼女ってなんか良いよね！』と軽い気落ちで大した設定もなく登場させたアリスですが、いつの間にか彼女がストーリーの中心となっていました。

他のキャラクターも、ちょい役で出したつもりがレギュラーメンバーになっていたり、思わぬ大活躍をしたりする事があります。

実に不思議です。これが良く耳にするキャラが勝手に動き出すってヤツなのでしょうか？　ただストーリーを制御出来てないだけでは無いと信じたいです。

それでは謝辞を。

イラストレーターの昌未様。素晴らしいイラストをありがとうございます。いつも拝見するのを楽しみにしております。今回は特にヒルデとバアルのデザインがとても気に入りました。私の難解で曖昧な説明を巧みに形にして頂き感謝しかありません。

コミカライズをして頂いている漫画家のおおのいも様。毎回、楽しく拝見し漫画という媒体の持つ力を実感させて頂いております。

担当して頂いているS様。年末で忙しい中、的確なご指摘やアドバイスを頂き、ありがとうございます。

そして本書の出版に尽力して頂いた多くの方々に深く感謝致します。

皆様に履かせて頂いた下駄が伸びに伸び、そろそろ頭の先が雲を突き抜けそうです。

最後になりましたが、読者の皆様。

またこうして御目に掛かることが出来、とても嬉しく思います。これも全て読者の皆様のおかげに他なりません。

本当にありがとうございました。

次巻予告

コミカライズ決定！
コミックでも転生幼女が大活躍！
漫画●夏河もか
原作●彩戸ゆめ
キャラクター原案●まろ
コミカライズ版
『コミックファイア』にて
2023年春 連載開始予定

Grand
次回予告
Avail
2
なんとか黄金のリコリスを手に入れ、
魔力過多による死亡フラグを乗り越えたレティシア。
お兄様からの溺愛もますます加速し続ける中、遂に小説本編
の時間軸――つまりお兄様が魔法学園へと入学することに！
年齢の関係でしばらくお留守番なレティシアだけど、お兄様の
ラスボス化フラグを折るために引き続き頑張ります！
グランアヴェール
お守りの魔導師は最推し
ラスボスお兄様を救いたい
第2巻 2023年9月発売予定！

HJ NOVELS
HJN66-03

ブチ切れ令嬢は報復を誓いました。3
～魔導書の力で祖国を叩き潰します～

2023年1月19日　初版発行

著者——はぐれメタボ

発行者—松下大介
発行所—株式会社ホビージャパン
〒151-0053
東京都渋谷区代々木2-15-8
電話　03(5304)7604（編集）
03(5304)9112（営業）

印刷所——大日本印刷株式会社

装丁——BELL'S GRAPHICS／株式会社エストール

Printed in Japan

ISBN978-4-7986-3051-9　C0076

ファンレター、作品のご感想お待ちしております
〒151－0053　東京都渋谷区代々木2－15－8
(株)ホビージャパン HJノベルス編集部 気付
はぐれメタボ 先生／昌末 先生